KB147001

우리말의 달인 나은 김우영의

한국어 이야기

우리말의 달인 나은 김우영의

한국어 이야기

The Story of Hangul

푸른사상
PRUNSASANG

한국어 이야기를 출간하며……

한국어는 전 세계적으로 가장 아름답고 독특한 문자이다.

세계의 언어사를 살펴볼 때 한글만큼 체계적이고 과학적인 문자도 없다고 한다.

나의 지난 스무살 문학청년시절은 무척이나 예민하게 책과 허무와 갈등으로 시름하였다. 데 · 칸 · 쇼(데카르트, 칸트, 쇼펜하우어)에 빠져 고향과 서울을 오가며 방황하던 시절이 있었다.

1980년대 서울에서 문학회 활동을 하면서 당시 훌륭한 분들을 만나 문학을 이해하는 데 큰 도움이 되었다. 「홍어」의 작가 김주영 선생님, 시인 이근배 선생님, 시인 서정주 선생님, 시인 정한모 전 문공부장관님, 연세대의 신동욱 · 마광수 교수님, 서울대 구인환 교수님, 한국교원대 성기조 박사님, 국문학자 이숭녕 박사님 등이 그렇다.

깊은 사유와 너른 문학의 강으로 인도하여 주신 저 유명한 〈보리밭〉의 저자 박화목 동시 작가님, 설창수 시인님, 김태호 소설가님, 송병철 수필가님, 나태주 시인님, 구재기 시인님, 제2정무장관이었던 조경희 수필가님, 경희대 서정범 박사님, 인천대 오창익 교수님 등이 고마운 문학적 은사님이시다.

그 가운데 서울대 구인환 교수님은 같은 고향의 어른으로서 지금껏 부족한 나의 정신적 문학의 큰 산맥의 버팀목으로 보듬어 주고 계신다.

그 당시는 그 분들이 그렇게 큰 그림자임을 못 느꼈는데 이제와 생각해보니 대 작가군단이었다. 전국 문학순례를 몇 년 다니면서 나는 문학회 실무역을 담당했다. 이때 그 분들을 누구보다도 가까운 거리에서 자주 만났다.

특히 국문학자이신 이숭녕 박사를 뵙게 된 것은 생애의 행운 중에 행운이었다. 짧은 머리에 작은 체구 그리고 어눌한 말씀 등. 지금은 돌아가셨지만 이들 부부가 문학행사에 다정하게 함께 다니시던 모습이 눈에 선하다. 당시 청량리 경찰서 골목에 사셨는데 나는 자주 이 박사님 내외를 댁에 모셔다 드리곤 하였다.

그때 나는 국문학자인 이 박사님한테 한글에 대한 소중함과 아름다움의 진면목을 직접 보고 배웠다. 부담 없는 순수한 발음, 가벼우면서 어려움이 주고받는 순 한국어의 매력에 도취되는 순간이었다.

나는 결혼 후 큰 딸 이름을 인간답게 잘 성장하여 사회에 기여하라는 뜻에서 '바램' 이라고 지었다. 이어 둘째 딸은 바람직한 인간답게 앞으로 나아가라는 뜻에서 '나아' 라고 지어 부르고 있다. 이후에 또 아이가 나면 '겨레' 라고 짓고, 또 낳는다면 '한얼' 이라고 지으려는 야무진 생각도 해봤다.

어느 신문에서 보니 우리나라 사람에게 역사속 인물 중 가장 존경하는 인물을 꼽으라면 전체 인구 중에 60~70%가 '성웅 이순신 장군' 과 한글을 창제하신 '세종대왕' 을 꼽는다고 한다.

분명 세종대왕은 위대한 역사적 인물이다. 세계에서도 몇 손가락 안에 들어가는 모국어 한글을 창제하신 분이니까.

세기를 거듭하면서 정녕 우리나라 고유의 씨말과 씨글인 한국어를 공부해야겠다는 생각에 '우리말 다듬이' 에 대한 자료수집과 연구를 하기 시작했다.

마침 우리말 공부의 도움에 탄력이 된 일은 문화관광부에서 전국의 지방자치단체에 '국어책임관제'를 지정, 운영하면서 내가 소속한 직장에서 한동안 그 업무를 담당하게 된 것이었다. 이래저래 나는 우리말 한글과 인연이 깊을 수밖에 없었다.

그동안 일간 〈중도일보〉와 〈충청타임즈〉, 〈한국문학신문〉, 〈국방일보〉를 비롯하여 주간 〈독서신문〉, 월간 〈생각하는 사람들〉, 〈엽서문학〉, 〈자치행정지〉, 《문예마을》과 계간 《문학세상》 등의 지면에 장기간 글을 연재하였거나 현재도 연재 중이다. 또 각종 인터넷과 홈페이지, 문학단체에 소개가 많이 되었다.

또 이 책이 나오기까지 도움을 주신 〈중도일보〉의 조성남 주필님, 최충식 논설위원님, 배상복 선생님께 감사를 드린다. 그리고 좋은 자료와 도움을 주신 제주도의 김순택 수필가님 등에게도 고마운 인사를 드린다.

문화관광부 국립국어연구원과 각종 신문과 잡지 등에 좋은 자료가 있어 한국어 공부에 많은 도움이 되었다. 일일이 고마운 인사를 드리지 못하지만 '우리말 다듬이'가 여러 사람들에게 읽혀 널리 알려져 우리 한글을 이해하는 데 도움이 되었다고 공감하여 주시면 감사하겠다.

나름대로 자료와 각종 국어사전과 연구를 거듭하였으나 우리 한글이 갖는 방대한 깊이와 넓이를 다 소화할 수 없었고, 나의 부족함이 뒤따라 주실 못했다. 다소간 미흡한 부분이 있을 것이다.

나랏말씀이 중국에 달라

문자와로 서로 사맞지 아니할새

이런 전차로 어린 백성이 이르고자 할 배 있어도

마침내 제 뜻을 시러 펴지 못할 놈이 하니라.

내 이를 위하여 어엿비 여겨

새로 스물여덟 자를 맹가노니

사람마다 하여 수이 익혀

날로 씀에 편안케 하고자 할 따름이니라.

— 국립국어연구원 자료집, 「훈민정음서문가(序文歌)」 전문

우리나라 너른땅 한밭벌 문인산방에서

나은 길벗 쓰다

제1장 한국어 사랑

제2장 외래어와 한문

제3장 농촌과 음식

제5장 쉼팡 – 가족이야기

제6장 일본말의 오·남용 사용실태

제7장 청소년의 은어와 영어

한국어 사랑

"입언의 진리(立言의 眞理)는 眞實의 말, 도리(道理)의 말, 생명력이 있는 말이어야 한다. 말이 말로써 서려면 무엇을 말하는가, 누가 말하는가, 어떻게 말 하는가? 말하는 주체와 자격이 중요하다. 거짓말쟁이는 아무리 진실을 얘기해도 운운할 자격이 없고, 갈보는 순결을 말할 자격이 없고, 도둑놈은 양을 말할 자격이 없고, 독재자는 자유를 말할 자격이 없고, 게으른 자는 근면을 말할 자격이 없고, 배신자는 신의를 말할 자격이 없고, 살인자는 사랑을 말할 자격이 없다."

— 안병욱 교수의 「입언의 진리」 중에서

모국어 사랑은 감옥의 열쇠

명작소설 「별」과 「마지막 수업」의 작가 프랑스 알퐁스 도데(Alphonse Daudet : 1840~1897)는 천부적인 정서와 고요하고 아름다우며 서정적인 글로 날카로운 풍자와 짙은 인간미를 안겨주고 있어 세계적인 아름다운 문장가로 회자(膾炙)되고 있다.

알퐁스 도데의 「마지막 수업」에서 선생님은 프러시아군의 침략으로 학교에서 자국어인 프랑스어를 가르치지 못하게 되자 마을 사람들과 학생들이 모인 교실에서 마지막 수업을 끝내며 이렇게 말한다.

"비록 국민이 노예가 된다 하더라도 자기들의 국어만 보존하고 있으면 감옥의 열쇠를 쥐고 있는 것과 같다."

지구상에는 수많은 언어가 있다. 이 가운데는 오랜 역사를 지닌 언어도 있고, 모국어를 국민 자신이 방치해서 잃어버리는 나라도 있다. 다행히 우리나라는 세종대왕이 창제한 '한글'이 오랫동안 민족의 올곧은 언어로 내려오고 있다. 전 세계적으로도 손색이 없을 정도로 체계적이며 과학적인 우수한 국어(國語)로 평가받고 있다.

아직도 도로나 상가를 보면 순화가 안 된 언어를 사용하고 있다. 지방자치단체에서 설치한 재활용품 분리수거함에 '○○하여 주십시오' → '○○하여 주십시오'로, 숙박업소 현수막에는 '○○○ 싫읍니다'

→ '○○○ 싶습니다', 식당의 차림표에는 '찌게' → '찌개'로 바르게 사용해야 맞다. 텔레비전의 뉴스 자막에서 '않되도록' → '안되도록'이라고 해야 맞다. 모국어 사랑은 나라가 어려운 감옥에서도 나올 수 있는 정신적인 열쇠이기 때문이다.

언어운사(言語運士)의 국어사랑

이(李)모 아나운서는 방송가의 오래된 방송인이다. 10여 년 전 심야 라디오 프로그램에 내가 쓴 수필을 오랫동안 방송해 주는 인연이 있었다. 굵직한 목소리에 차분하고 바른 국어 사용과 한글사랑이 남달라서 방송가에서는 이 분을 아나운서라기보다 언어운사(言語運士, 言語運書)라고 불렀다고 한다.

이런 분이 근래 TV를 멀리 하고, 라디오도 KBS 1FM 외에는 잘 듣지 않는다고 한다. 이유는 이렇다.

"사이비 방송인들이 쏟아내는 '언어교통사고' 방송을 듣자니 답답해요!"

그는 바른 방송말 사용 지침서인 '아나운서로 가는 길'과 '언어운사(言語運士)'라는 지침서까지 만들어 동료들에게 나누어 주는 등 바른 말과 우리말 사용에 애착을 가졌다. 이분의 지론은 이렇다.

"아나운서란 모름지기 언어의 테크니션이자, 우리말의 교사가 되어야 한다."

이 분은 40여 년 '말 공장(방송국)'에서 일하며 겪은 아픔도 있었단다. 원칙에 충실한 아나운서를 '딱딱하고 끼가 없다'고 폄하하며, 검증되지 않은 '외부 MC'를 마구잡이로 채용한 것이 방송언어 파괴를 불렀다고 한다.

"끼란 본래 재기(才氣)인데 요즘 방송엔 광기(狂氣)가 판을 칩니다. 일부 아나운서까지 이런 시류에 영합하니 안타까울 뿐입니다."

방송인 지망생들에게 '말부터 제대로 배우라'며 이렇게 충고한다.

"방송말이 점잖으면 국민의 말도 점잖아지고, 방송말이 거칠고 경박하면 국민의 말도 거칠고 경박해진다."

어린나무 말부터 흔들려

옛말에 '될 성 싶은 나무는 떡잎부터 알아본다', '세살 버릇 여든까지 간다'는 속담이 있다. 어린나무는 애당초 싹이 좋아야 잘 자라고, 어린아이 때 버릇은 어른이 되기까지 간다는 얘기이다. 예전에 어른들은 자녀의 혼사시에는 꼭 상대의 가정환경부터 살폈다. 어릴 때부터 자란 환경이 그 사람의 인성을 좌우하기에 그렇다.

한참 커 나가는 아이들의 언행은 매우 중요하다. 말과 행동이 거칠고 다듬어지지 않은 아이들은 매사가 시끄럽고 문제를 안고 다닌다. 그러나 어려서부터 바른 언어의 가정교육을 잘 받은 아이들은 고루하며 차분하게 행동한다.

어느 날 공원을 조용히 거니는데 어린 청소년들이 깔깔대며 거침없이 대화를 한다. 이들의 언어는 '매우', '아주', '굉장히'의 뜻으로 '졸라'라는 말을 자연스럽게 하고 있다. '졸라'는 '남성의 성기(性器)'를 비유한다. 'ㅇ나게(ㅇ ← 나다)'가 결합하여 변화된 것으로 듣기 거북한 말. '시벌, 시펄, 스벌, 개에쉒'과 같은 비어와 속어를 예사로 하고 있었다. 저들은 우리나라를 이끌어 갈 꿈나무들이 아닌가?

어려서부터 좋은 부모님과 바른 언어 환경에서 자라면서 바른 언행을 배운 아이들은 커서도 전혀 문제가 되지 않는다. 위에서 말했듯이 이런 아이는 아무리 화가 나도 비어나 속어를 사용하지 않고 논리비약의 언성만 높을 뿐이다. 자라나는 어린나무의 말이 흔들리면 커서도 흔들린다는 것을 명심해야 한다. 우리는 오늘도 '바른 한국어 이야기'에 나서는 것이다. 세계적인 유머 소유자 '버나드 쇼'의 말이다.

"인간이 호랑이를 죽일 때는 그것을 스포츠라고 하지만, 호랑이가 인간을 죽일 때는 사람들은 그것을 재난이라고 한다."

어려서 무분별하게 대하는 말이 처음엔 별것 아닌 것 같지만, 그것은 거친 언어와 행동으로 잡초처럼 자라 훗날 재난으로 돌아오는 것이다.

외래어 방송사가 앞장서 사용

　바른 한국어를 선도해야 할 공영방송국이 외래어를 앞장서 남용하고 있다. 일반 공영방송이 사용빈도가 높고 특히 지상파 방송일 경우가 더욱 심하다. 점점 외국어 제목이 증가하여 한국어 제목의 방송프로그램은 점차 줄어들고 있다.

　일반 공영방송국의 외국어 프로그램 실태를 살펴보자.

　'역사스페셜, 환경스페셜, 피플 세상속으로, 뉴스 네트워크, 매직키드 마수리, 시사투나잇, 해피투게더, 논스톱 4, 휴먼스토리, 오픈스튜디오, 포트리스, 뉴스 퍼레이드, 다큐매거진, 스포츠와이드, 히스토리 스페셜, YTN24, 쇼 파워비디오, 생생 스튜디오, 서바이벌 잉글리시' 등이다.

　특히 지상파 방송의 경우는 외국어 제목을 사용하는 프로그램 정도가 더욱 심하다. 전체 프로그램 중에 30% 이상을 외국어 제목으로 사용하여 운영하고 있다. 이를테면 '클린터 코리아, 주주클럽, 논스톱 4, 사이언스 파크, 라이브리, 씨네투어 영화 속으로, 뮤직뱅크, 금요 컬처 클럽' 등의 프로그램 제목이 있는가 하면 아예 전문을 영어로 사용하는 프로그램도 있다. 'No Brain Survival, Love Best, Film Music, Comimg SooN, BooK BooK, Under the sea' 등 수두룩하다.

공영방송에서 이렇게 외국어를 무분별하게 사용할 경우 시중의 음식점, 술집, 가게 등 주로 서비스 업체의 간판들이 방송사의 이름을 본 떠 그대로 사용한다는 것에 문제의 심각성이 있다. 국민 속으로 파고들기 쉬운 방송의 특성상 우리 고유의 언어를 손상시킬 수 있어 뜻 있는 분들의 우려를 낳고 있다.

이처럼 한국어를 버리고 훼손하는 것은 자신의 올 곧은 정신세계를 멍들게 하는 이치와 같다.

언론사의 외래어 남발 폐해

주5일 근무제에 따라 금요일 밤이면 너도 나도 여행을 떠난다. 그러면 한결같이 각종 언론사의 광고판은 온통 외래어 홍보기사가 날개를 단 듯 메워진다.

이 가운데 많이 등장하는 외래어는 테마(Thema)여행이다. 테마는 역사, 문화, 관광을 하나의 목적으로 갖는 것이니 주제여행이라고 부르면 좋다. 패키지(Package)여행은 모든 것을 한 묶음으로 한다는 뜻이니 종합 또는 묶음여행이라 하면 된다.

서울이나 부산 같은 대도시에 가면 외지에서 온 손님들이 지역을 관광한다. 이때 도움을 주기 위해 시티투어(City Tour)버스를 운행하고 있다. 이는 시내관광, 시내유람이나 시내관광버스라고 하면 알아듣기 쉽다.

신문기자가 어떤 기사를 취재하고 엠바고(Embago)를 안 지켰다. 엠바고는 보도유예, 보도 자제를 뜻하며 일정 기한 동안 보도를 않는 것을 말한다.

유난히 언론사에서 외래어를 많이 사용한다. 또 높은 자리에 있는 분들이 신문인터뷰나 방송에 나와서 말할 때도 외국말을 많이 사용한다. 흔히 잘 사용하는 말은 패러다임, 인프라, 인센티브, 패턴, 컨소시엄 등이다. 패러다임(paradigm)은 틀, 기준, 보기를 말하고 인프라(infra)는 바탕, 기반, 사회기반시설, 사회간접자본을 말한다.

인센티브(incentive)는 장려금, 보상이고 패턴(pattern)은 틀, 모형이며 컴소시엄(consortium)은 국제 차관단, 협의체를 말한다.

우리말로 충분히 표현할 수 있는 말을 외래어를 사용한다고 21세기 현대인으로 둔갑할까……?

지상에 숟가락 하나!

내가 좋아하는 소설 「지상에 숟가락 하나」는 소설가 현기영 님이 쓴 장편소설이다. 여기에서 '숟가락은 곧 밥이지요. 밥은 곧 삶이고요' 라고 인용하고 있다. 숟가락과 젓가락은 떼려야 뗄 수 없으며 우리의 끈끈한 삶과 함께 하고 있다. 모양새가 숟가락은 긴 손잡이의 둥근 주 걱 형태요, 젓가락은 가늘고 길게 평행선을 이룬 물건이다.

그런데 왜 똑같이 우리의 중요한 물품인데 숟가락은 받침에 'ㄷ'을 사용하고 젓가락은 받침에 'ㅅ'을 쓸까? 모양새나 용도, 발음까지 비 슷한 이 물건들이 왜 받침을 달리 사용하는지 궁금할 것이다.

'숟가락'은 '밥 한 술'의 '술(밥 따위의 음식물을 숟가락으로 떠 그 분량을 세는 단위)'에 '가락'이 붙은 말이다. '술'의 'ㄹ'이 가락과 붙 으면서 'ㄷ'으로 변했다(한글 맞춤법 제29항 참조). [술+─ㅅ+가락] → 숟가락의 형태이다. 이런 예로는 '이틀 → 이튿날', '사흘 → 사흗 날', '삼질 → 삼짇날', '풀 → 푿소', '설 → 섣달' 등이 있다. 반면 '젓가락'은 한자로 '저(箸, 젓가락을 줄여 쓴 말)로 쓰기도 한다. 이 말에 '가락'이 붙으면서 말을 연결할 때 사이시옷이 들어가 [저+─ㅅ +가락]이 된다. 빗자루, 찻잔 등과 같은 경우이다.

얼마 전 어느 한글연구자를 만나 식사하는 데 웃으며 말한다.

"김 선생님, 숟가락은 움푹 파인 모습이 'ㄷ'처럼 보이니 받침을

'ㄷ'으로 쓰고, 젓가락은 반찬을 집거나 벌릴 때 모양이 'ㅅ'처럼 보여 'ㅅ'을 사용한답니다!"

"오, 그래요⋯⋯!"

이름 지어 무료로 드리지요

긴 머리칼을 날리며 청바지에 기타를 둘러매고 전국을 휘젓고 다니던 푸르디푸른 젊은 날, 서울 종로 주막거리에서 술을 마시면서 우리는 미래에 대하여 얘기하곤 했다.

그때 우리는 결혼하면 자녀의 이름을 한글로 짓자며 미리 작명을 하기도 했었다. 젊은 시절에도 편안하고 부드러운 순우리말의 이름이 좋았다.

그 당시 가까이 있는 어느 사람의 애명(愛名)은 '는개(안개보다 좀 굵은 비/ 연우(煙雨)―안개처럼 뿌옇게 내리는 가는 비)'였다. 유난히 속눈썹이 길어 애수에 젖은 듯한 는개비에 젖은 눈썹의 소유자를 부르는 살가운 애칭이다.

언제부터인가 주변의 지인들에게 이름을 지어달라는 부탁을 받곤 한다. 수원골의 최글이, 서울 장안의 이글내, 서천골 박산벗, 장항의 강노을, 빛고을의 이두레, 부산 해운대의 강물퍼, 달구벌 갯고랑처사, 전주골 이고선사(구름을 머리에 이고), 추풍령의 박고개, 온양온천의 물그늘, 한밭벌의 별그늘, 늘풀든, 늘손지, 시갈(시의 밭갈이), 이부름(성악가), 김달림(마라토너), 고운소리(대금연주자), 고요소리(시낭송가), 지킴이(봉사자), 이참살(웰빙), 펼침이(활동가), 어진시인 등이 내가 지은 이름이다.

아호나 필명을 지어 드립니다

서울에서 자취할 때 책을 좋아하는 친구 'ㄱ'에게 '글손'이라는 애칭을 지어줬다. 그 친구는 손에서 책이 떠나질 않았다. 화장실, 밥상, 이불 속, 버스 안, 거리에서 늘 손에는 책이 들려 있었다.

글손 애칭의 작명에 대한 답례로 종로 주먹거리에서 술을 마셨다. 동동주를 항아리째 끼고 앉아 왕대포 잔으로 둘이서 권커니 잣커니, 곤드레만드레를 줄기차게 외쳤다. 그 후 나의 술타령 애칭은 '왕손'이 되어 종종 왕대포를 놓고 글손과 왕손의 해후가 이루어진다. 그로부터 지인들의 아호나 필명을 순우리말로 지어주기 시작하였다.

시 잘 쓰는 친구 시갈(시의 밭갈이), 수필 잘 쓰는 친구는 글술술(풀림), 소설 잘 쓰는 친구는 소갈(소설의 밭갈이) 등으로 불렀다. 자연을 좋아하는 문인에게는 주로 구름, 안개, 느비, 가랑, 오랑, 해달(해와 달), 솔아, 울밑, 싸리비, 강바람, 산아, 눈꽃, 들녘, 냇물, 샛고랑 등으로 지어 주었다. 꽃을 좋아하는 분에게는 산꽃, 안개꽃, 난향, 초록이, 무궁화 등으로 지어주었다. 또는 너나들(너와 내가 아닌 가깝게 지내는 우리들), 한울(한민족 울타리), 리랑(아리랑의 준말), 한맑쇠, 길손, 나그네 등이 있다.

문예지를 내면서 글냄이(발행인), 판짠이(편집장), 바로 잡은이(교정과 교열), 판박이(인쇄인), 책 나눔이(배포), 글 헤아림(독서), 글 키대보기(합평회), 글쓴이 차림표(회원명단), 따로 붙인 글판(별책부록)

등의 이름을 지었다. 권두언은 머리말, 편집후기는 꼬리말, 남긴 말 등이다. 문학의 밤이나 시 낭송 행사의 개회사는 들어가며 또는 한 마당 머리를 풀며, 폐회사는 마무리 또는 나가며로 정하여 운영을 하면 얼마나 좋을까.

고운 우리말 이름 상호

서울이나 부산, 대전 등 대도시 상가를 가면 온통 외래어 상호가 즐비하다. 이젠 그 여파가 시골 읍면까지 침투하여 웬만하면 외국어 간판이다. 인터넷 점포와 이메일 상가를 시골할머니들은 '인두질 점포', '이마을 상가'라는 엉뚱한 발음으로 부를 정도이다.

요즘은 땅이 좁아 단위 면적당 건축비를 절감하기 위해 고층 아파트들이 우후죽순으로 늘어나고 있다. 아파트 이름 또한 생전에 들어보지 못한 긴 외래어나 이상야릇한 이름이 등장한다. 도회지의 자녀 아파트를 찾는 시골 어른들이 집 이름을 외우질 못하여 보따리를 하나씩 들고 도회지 아파트 주변을 방황하기가 일쑤라고 한다.

일부이긴 하지만 우리 한글을 모범적으로 사용하는 업체들이 있어 여간 다행스럽지 않다. 또 어느 지역에서는 우리말의 상호가 늘고 있고 이들을 대상으로 시상하고 있다는 반가운 소식이다.

해무리집, 달무리집, 별무리집이란 자연이름을 지닌 단체식 업체가 있는가 하면, 이바돔(이바지 음식)이란 이름의 요식업체가 있었다. 에움길이란 상호를 가진 떡집은 굽은 길을 뜻한다. 조롱박 수제비 전문점, 희나리(마르지 않는 장작)란 이름으로 상호를 짓기도 했다. 꽃다지란 음식점 이름은 어린 오이, 호박, 열매 등을 뜻하며 맑은 샘 등으로 상호를 짓기도 한다.

또 밝은미소는 치과의 상호로 지었으며, 살결과 살갖 다듬는 의원

은 피부과 의원의 상호이다. 갈마지기는 논밭 넓이 단위의 뜻으로서
살충제, 비료 등의 상호로 사용하고 있다.

인명 · 지명표기

  우리가 흔히 사용하는 말로써 간과하기 쉬운 말의 경우이다. 살펴
보자.

- '읍니다 → 습니다/ 있읍니다 → 있습니다'
- 미장이, 유기장이 등 기술자를 일컬을 때에는 '장이' 로, '욕쟁이,
심술쟁이' 등 버릇을 일컬을 때에는 '쟁이' 로 한다. ☞ '일군 → 일꾼/
농삿군 → 농사꾼/ 고마와 → 고마워/ 가까와 → 가까워/ 수꿩, 수캉
아지, 수컷, 수평아리를 → 수' 로 통일. '숫양, 숫쥐, 숫염소' 는 예외.
- '웃, 윗' 은 '윗' 으로 통일하였다. '윗도리, 윗니, 윗목' (된소리나
거센소리 앞에서는 [위])로 쓴다. ☞ 위짝/ 위턱
- 아래, 위 대립이 없는 단어는 '웃' 으로 쓴다. ☞ 웃어른
- 성과 이름은 붙여 쓴다. ☞ 이 순신 → 이순신/ 김 구 → 김구
- 개정된 인명과 지명의 표기이다. ☞ 고호 → 고흐/ 베에토벤 →
베토벤/ 그리이스 → 그리스/ 시저 → 카이사르/ 뉴우요오크 → 뉴욕/
아인시타인 → 아인슈타인/ 뉴우지일랜드 → 뉴질랜드/ 에스파니아
→ 에스파냐/ 뉴우튼 → 뉴튼/ 처어칠 → 처칠/ 디이젤 → 디젤/ 콜롬
부스 → 콜롬버스/ 루우스벨트 → 루스벨트/ 토오쿄오 → 도쿄/ 페스탈
로찌 → 페스탈로치/ 마오쩌뚱 → 마오쩌둥/ 모짜르트 → 모차르트/
헷세 → 헤세/ 말레이지아 → 말레이시아/ 힙포크리테스 → 히포크라

테스/ 뭇솔리니 → 무솔리니/ 바하 → 바흐 등

· 일반용어이다. ☞ 뉴우스 → 뉴스/ 도우넛 → 도넛/ 로보트 → 로봇/ 로케트 → 로켓/ 보올 → 볼/ 보우트 → 보트/ 수우프 → 수프/ 아마튜어 → 아마추어 등이다.

글 고치기

돈과 문장은 깎을수록 좋다. 스커트는 짧을수록 보기 좋고, 주례사는 간결할수록 듣기 좋다. 글 고치기는 대략 세 가지로 나뉜다. 글 쪼갬질은 긴 단락을 자르기, 깎음질은 군살깎기, 쪼크림질은 뒤치기이다.

① 강도짓을 하는 나쁜 사람들이 그 피해자에게 손실을 가해자에게 처벌을 해주어야 한다. → 강도짓을 하는 가해자는 그 정도에 따라 처벌하라.

② 인명을 살상하는 전쟁에 참여하고 이를 찬성 사람은 훗날 역사가 심판하리라. → 인명을 살상케 하는 전쟁에 참여한 사람은 훗날 전범으로 평가된다.

③ 우리나라가 정치적 경제적으로 사대주의에 편승하는 것은 좋지 못한 약소국의 사례이다. → 사대주의에 편승하는 건 약소국의 수치이다.

예전에 영국인들이 '인도는 내놓아도 셰익스피어는 못 내논다'고 했다. 세계적인 문장가인 셰익스피어는 말을 빼고는 글 고치기에 무척 힘들어 했다. 헤밍웨이의 「무기여 잘 있거라」 끝장은 17번 고쳐 썼고 프랑스의 자연주의 문학가 졸라의 습작 원고는 자신의 키를 넘었다.

김정호의 〈대동여지도〉도 30년간이나 수정했다고 한다. 약초 1,882종의 분류로 이름난 명나라 명의 '이시진'은 홀로 산야에 뒹굴고 독초를 캐먹으며 약초의 독약 유무(有無)를 확인하다가 그 독에 숨졌다.

　이래서 옛 선비들은 문장의 퇴고(推敲)와 추고(推敲)를 살을 에고 뼈를 깎는 겨울 빙판에 비유했다. 오늘날의 교정(校正)과 교열(校閱)을 살을 피울음의 고름 같은 고통으로 표현하였다. 글을 쓰기도 힘들지만 깎고 다듬는 것도 그 이상으로 힘들다. 오호라, 우리말 한국어 몇 줄 고치기가 이렇게 힘들 줄이야!

한국어 띄어쓰기의 어려움

한국어가 어렵다고 한다. 전문적으로 글을 쓰는 우리들도 글을 쓸 때마다 어렵다고 한다. 특히 띄어쓰기의 구분과 범례가 어렵다. 예를 들어 '그런 만큼'이냐, '그런만큼'이냐가 그렇다. 지금까지의 말글 규정이나 국어사전에는 '그런 만큼'으로 띄어 적었다. '만큼'은 '그만큼, 너만큼, 사람만큼, 하느님만큼' 등에서는 붙여 쓴다.

이 '만큼'은 앞말과 비슷한 정도나 한도를 보인다. 그러나 '-(느)ㄴ, -(으)ㄴ, -(으)ㄹ, -던' 다음에서는 띄어 쓴다. '걷는 만큼, 한 만큼, 먹은 만큼, 참을 만큼, 살 만큼, 했던 만큼' 들은 띄어 쓰는 것이다. 이 경우의 '만큼'은 그 앞말의 내용에 걸맞은 수량을 나타낸다. 그런데 '-(느)ㄴ, -(으)ㄴ, -(이)ㄴ' 들이 '-느니, -니, -으니, -이니' 들의 준 꼴인 경우에는 그 다음에 오는 '만큼'을 붙여 쓴다.

과거 1964년 당시 문교부 『교정 편람』에는 '-이니 만큼(-인만큼)'을 언급하였다. '만큼'이 '가느니 만큼, 하니 만큼, 먹으니 만큼, 보물이니 만큼' 등에서는 붙어 쓰인다. "가느니보다는 안 가는 것이 낫겠다"고 할 때 '가느니보다'의 '보다'를 붙여 쓴다. '니'의 'ㅣ'가 줄고 'ㄴ'만 남아서 윗말에 붙어 쓰이면 "가는만큼, 한만큼, 먹은만큼, 보물인만큼" 들처럼 붙여 써야 한다.

이 경우 '만큼'은 '가므로, 하므로, 먹으므로, 보물이므로' 들의 '므로'와 같이 '그렇게 한 만큼'의 뜻이다.

　오, 한글이여! 도대체 어디서 붙여야 하며, 어디서 띄란 말인고
오……

말도 변한다

자고 일어나면 사회와 세상이 변한다. 이러다보니 우리가 사용하는 말이 변하고 있다. 얼마 전에 사용하던 말 가운데 더 이상 잘 사용하지 않아 우리의 생각에서 멀어져 가는 말이 있는가 하면, 어떤 말은 새로 생겨난다. 시대의 흐름에 기민해야 이해가 쉽다는 얘기이다.

예전에 집 구조로 사용하던 큰방, 작은방, 안방, 건넌방, 사랑방, 행랑방이 있었다. 그런데 요즈음은 웬만하면 온통 사회가 방, 방으로 말이 변하여 정착해간다. 노래방, 빨래방, 소주방, 찜질방, 비디오방, 인터넷방, 도우미방, 손님방 등이다.

불과 몇 년 전 국가나 지방자치단체에서 큰 행사를 치를 때 행사장의 안내나 통역 등을 도와주던 사람들을 통칭하여 '도우미'라고 불렀다.

그러나 이제는 도우미 천국으로 변했다. 여차하면 도우미이다. 통역도우미, 행사도우미 등이 널리 퍼져 이제는 아예 우리의 국어사전에 도우미란 어원이 자리를 잡아간다. 오죽하면 노래방 도우미가 아예 직업군으로 분류되고 있는 실정이다. 본디 이 도우미는 '도움'이란 말에서 생겨났다. 그런 말을 소리나는 대로 적고 도움이란 말보다 도우미가 부르기도, 듣기도 좋아 그렇게 사용하게 된 것이다.

또 비슷한 말로 '지킴이'라는 말이 있다. 그 지역 문화를 지키는 지킴이, 산림자원을 보호하는 산림지킴이 등이 있다. 또 요즈음 툭 튀어나온 뱃살과 군살빼기에 마라톤이 최고라 하여 '달림이' 모임이 부쩍 늘어나는 추세이다. 이뿐만이 아니다. 어떤 내용을 홍보하는 분야에 근무하는 사람을 '알림이'라고도 부른다. 낯선 영어나 외래어를 차용하기보다 순수한 우리말을 사용하는 바람직한 현상이다.

외래어에 밀리는 한국어

월드컵 같은 국제적 스포츠 행사에 막대한 영향을 미치는 대중매체의 역할은 중요하다. '포스트 월드컵', '시너지 효과', '인프라', '세리머니' 같은 단어들은 우리말로 옮겨 보려는 고민을 거칠 겨를도 없이 어느새 일상생활 속에 파고 들어와 있다.

에어로빅, 디스코텍, 패션쇼 등과 같이 마땅하게 사용할 언어가 없어 외국어를 그대로 사용하는 경우는 차치하더라도 아직 정착되지 않은 외래어는 순수한 우리말로 바로 사용하는 것이 한국의 주체성을 갖는 일이다.

예를 들면, A매치 → 국가 간 경기, 골 세리머니 → 득점 뒤풀이, 글로벌 스탠다드 → 국제 표준, 내셔널 트러스트 → 국민 신탁, 네거티브 → 줄거리, 노블레스 오블리주 → 지도층의 의무, 멀티플렉스 극장 → 복합상영관, 모럴 해저드 → 도덕적 해이, 서포터스 → 응원단 또는 후원자, 패널 → 토론자 등과 같이 우리말로 바꿔 써야 한다.

또 국가와 지방자치단체를 경영하는 기관, 단체에서도 예를 들면 '해태', '이유', '각하' 같은 일본식 용어를 사용하고 있다. 특히 법조계는 이런 말을 많이 사용하고 있다. 그래야만 권위가 더 서는 것일까?

이러한 폐단을 간파한 정부는 2005년 말부터 다행스럽게도 전국의 각 광역과 지방자치단체에 '국어책임관' 제도를 운영하여 아직도 덜 순화된 행정용어들을 바른 국어로 안내하고 있다. 각 자치단체 '국어 책임관실'에서는 각종 공문서 작성시 덜 순화된 외래어를 비롯하여 어색한 글이나 말 등 딱딱한 문자들을 순화하여 사용하도록 산하 관계 기관, 단체에 알리고 있다.

동의중복 표현은 군살 1호

말과 글에서 나타나는 군살들로는 다음과 같은 동의중복(同義重複) 표현이 많다. 가령 '처갓집'은 가(家)와 '집'이 중복된 것으로 '처가'로 사용하면 된다. '약숫물, 해변가, 생일날' 등도 동의중복 표현으로 사전에 올라 있지 않으며 오를 수도 없는 유사 합성어(또는 합성어구)이므로 다음 '→ 우측 예'처럼 고치는 것이 좋다.

어휘적 동의중복 현상 ☞ 처갓집 → 처가/ 생일날 → 생일/ 약숫물 → 약수/ 해변가 → 해변, 바닷가/ 동해바다 → 동해/ 종이지질 → 지질/ 실내 체육관 → 체육관(체육 '관'과 '실내' 중복)/ 대관령고개 → 대관령/ 태교 교육 → 태교/ 역전(驛前)앞 → 역전/ 라인선줄 → 금, 선, 줄/ 농번기 철, 농번기 때 → 농번기/ 무궁화 꽃 → 무궁화/ 박수치다(拍과 '치다' 중복) → 박수하다, 손뼉 치다/ 혹사시키다(使와 '시키다' 중복) → 혹사하다/ 축구 차다(蹴과 '차다' 중복) → 공 차다 축구하다

국어의 이러한 동의중복 현상은 어휘 차원(엄밀히 말하면 이들은 대개 어휘가 아니고 유사 합성이나 구 차원이므로 이휘화 차원이라고 해야 하지만 편의상 어휘 차원으로 부름)에서만 나타나지 않는다. 구, 절, 문장과 같은 통사적 차원에서 동의 요소가 중복된 경우, 위의 '~ 그럴 수 있을 것 같이 볼 수 있을 것 일지도 모르겠지만 ~'의 예에서 '수 있을 것'과 같은 표현이 반복된 것이 그런 예로 주의를 요한다.

'수-' 인지 '숫-' 인지

　국립국어연구원은 국어사전에서 '수컷'을 이르는 접두사는 '수-'
로 통일한다는 원칙에 따르되 예외로 고시(告示)된 열두 단어를 제외
했다.

　'개미, 거미, 나비, 늑대, 모기, 벌(蜂), 범(虎), 사슴, 산양(山羊), 여우,
오리, 용(龍), 이리, 자라, 할미새' 등은 '수개미, 수거미, 수나비, 수늑
대, 수모기, 수벌, 수범, 수사슴, 수산양, 수여우, 수오리, 수용, 수이
리, 수자라, 수할미새'를 표준어로 삼았다.

　국어사전은 대체로 '수-' 결합형을 인정하여, '수나사, 수놈, 수사
돈, 수은행나무, 수소(黃牛)'를 취하였다.

　'강아지, 개, 것, 기와, 닭, 당나귀, 돌쩌귀, 돼지, 병아리'와 결합할
때에는 '수캉아지, 수캐, 수컷, 수키와, 수탉, 수탕나귀, 수톨쩌귀, 수
퇘지, 수평아리'로 재규정하였다.

　다만, 예시어에서 보인 '수펑'이 당시 사전에서는 '수퀑'이었으며,
사전에 표제어로 올라가지는 않았다.

　'수-'와 결합될 '양, 염소, 쥐'가 규정에서는 '숫양, 숫염소, 숫쥐'로
되었다는 점에 차이가 있다. 수와 숫을 잘 살펴 사용해야 한다.

동사적 동의중복현상

차를 몰고 가며 우린 별 생각 없이 이렇게 말한다.

왼쪽으로 좌회전(左回轉) 하여라 → 좌회전 하여라, 왼쪽으로 돌아라/ 연휴(連休)가 계속되어 → 휴일(休日)이 계속되어, 연휴가 되어, 연휴라/ 농담 비슷하게 농담조로 한 말이었다 → 농담이었다/ 이런 결과로 인해 → 이래서, 이런 결과로/ 최고 으뜸이다 → 최고다, 으뜸이다/ 수확(收穫)을 거두다 → 수확하다/ 원고 많이 투고하세요 → 투고하세요/ 대략 절반쯤은 → 대략 절반은, 절반쯤은/ 상장을 수여해주다 → 상장을 수여하다, 상장을 주다/ 자매결연(姉妹結緣)을 맺다 → 자매결연하다/ 과반수 이상의 → 과반수의, 반수 이상의/ 여행 기간 동안 → 여행 기간에/ 여행 동안에/ 그럴 수 있는 가능성 → 그럴 가능성/ 거의 대부분의 학교 → 대부분의 학교/ 기타 다른 것 → 기타, 다른 것/ 최근에 들어 → 최근에, 요즘 들어/ 푸른 창공(蒼空) → 푸른 하늘, 창공/ 넓은(廣場) → 광장 등이다.

위에서 특히 '연휴가 계속되어'라는 표현은 2, 3일씩 노는 연휴가 반복되는 것이다. 한 번 연휴 때 이런 표현을 쓰면 잘못이다.

또한 문장이 바뀔 때마다 같은 뜻의 부사 형태인 '따라서, 그러므로'가 교대로 나타나거나, '그러나, 하지만'이 교대로 나타나는 경우도 부사성 군살이다.

우리가 자칫 놓칠 수 있는 일상 속의 동사적 동의중복현상이다.

단위말의 어원

'표준'이란 말은 국가적·사회적 권위에 빌붙어 제법 웃어른 행세를 하곤 한다. 그 한 예로 표준말, 규격표준, 국가표준, 국제표준 들이 있다. 이를 벗어나면 무식하거나 표준을 못 지키는 부족한 사람으로 여겨진다. 우리는 보통 땅과 건축 넓이, 무게를 말할 때 '평이나 근 또는 리' 대신에 제곱미터나 그램 등 미터법을 사용하고 있다.

그램과 미터법은 대한제국 때 들여왔으나 아직도 우리는 땅이나 집터와 아파트 등을 말할 때 '몇 평'으로 해야 그 윤곽이 떠오른다. 평방미터니 제곱미터는 이해하기 어렵다.

그러나 물량의 기초 단위인 되나 홉은 현재 거의 사용하지 않는다. 돼지고기나 쌀 등을 표현할 때 이제는 '그램'으로 사용하는 것이 일상화되었다. 서양에서는 배럴이나 갤런, 피트, 인치 등의 영국과 미국식 단위가 사용된다.

우리 단위 말에서 바뀐 '표준'에 밀려 잘 사용하지 않는 말들도 있다. 예전에는 논밭의 넓이를 일컫는 말로 목(結), 동, 짐(負, 卜), 뭇(束), 줌(把), 뙈기, 자(尺) 등이 있었다. 또는 '하루갈이'와 '보름갈이' 등 넓이를 나타내던 말이 있었다. 그리고 섬지기(石落只), 마지기(斗落), 되지기(升落)도 있었는데, 이 가운데 '마지기'와 '단보(段步)'는 지금도 잘 사용하는 단위이다.

목과 짐, 뭇, 줌 등은 사람의 노동력과 손과 발을 기준으로 삼은 것이다. 여기에서 '평'이나 '보'는 가로세로 사람의 세 걸음(여섯 자)을 기준한 것이다.

한국어의 제자리 잡기

유명한 역사 인물 생가에 가면 'ㅇㅇㅇ 나신 곳'이라는 표지판을 자주 본다. 예전에는 '출생지'나 '탄생지'란 말을 썼다. '고수부지'가 '둔치'가 되고 '노견'이 '갓길'로, 고속도로 인터체인지가 '나들목'으로 변한 것은 바람직한 일이다.

그러나 아직도 여러 분야에서 바른 우리말 사용이 뒤로 밀려나 있다. 그 예의 하나로 '하늘'을 가리켜 '허공(虛空)'과 '공중(空中)'이라고 말하는 오류가 있듯이 말이다.

녹음 짙은 신록의 여름에는 포도나 칡, 수박처럼 줄기가 곧게 서지 않고 땅 위를 기거나 담에 붙어 자라나는 식물의 줄기를 '덩굴'이라고 한다. 여기서 넝쿨은 다른 말인가? 하고 의문을 갖는다. 그러나 덩굴과 넝쿨 둘 다 맞는 말이다.

또 우리가 흔히 사용하는 '쇠고기'는 어떠한가? 쇠고기의 '쇠'는 '소의~'의 준말이다. 쇠기름, 쇠가죽, 쇠머리, 쇠꼬리 등이 있다. 그러나 한국어문 표준어규정(1988년 1월)은 '소기름, 소가죽, 소머리, 소꼬리' 등도 표준어로 인정하고 있다.

다만 소도둑이나 소장수, 소달구지 등은 소의 부산물이 아니므로 '소의~'의 함축 형태인 쇠도둑 또는 쇠장수, 쇠달구지로 사용하면 안 된다.

오랫동안 비가 오지 않는 날씨를 보고 '가물, 가뭄', 아이들의 예쁜 새 옷을 '고까, 꼬까, 때때', 헝겊이나 종이의 조각은 '나부랭이, 너부렁이'라고 부른다. 이는 발음과 언어가 비슷하여 복수표준어로 규정하고 있다.

숫자의 바른 표기

우리가 각종 공문서나 서류를 작성할 때 숫자를 많이 사용하게 된다. 이때 띄어쓰기와 바른 표기를 해야 한다. 자칫 오류를 범하면 큰 실수를 할 수 있다. '네 댓, 예닐곱, 여 남은, 열 댓' 등은 반드시 띄어 써야 한다. 수효를 나타내는 말을 섞을 때는 하나, 둘, 셋을 세듯 띄어 주어야 그 셈을 알 수 있어 그렇다.

또 몇은 '확실치 않고 얼마 안 되는 수효를 일컬을 때'를 말한다. 몇 시, 몇 사람, 몇 해, 몇 송이처럼 매김씨로 많이 사용한다. 이때도 마찬가지로 첫 번째 사용한 수효의 글자와 뒷글자를 띄어 주어야 그 확실치 않은 매김씨를 알 수 있다. 수(數)는 여러, 약간의 뜻으로 주로 단위가 높은 말과 앞가지로 어울린다.

수 백, 수 천, 수 만, 수 억, 수 조 등이 있다고 표현하는데 이때도 마찬가지로 띄어 써야 수효의 양을 파악할 수 있다. 더러는 수 없이, 수 많은 것으로 쓰이기도 한다. 앞의 수는 형용사로서 썩 많아 헤아릴 수 없다는 뜻이고, 뒤의 수는 명사로써 많은 수를 말한다. 이 경우도 띄어 써야 그 수효를 헤아릴 수 있다.

기(機)와 몇은 얼마의 뜻으로 사용하나? 기 십, 기 백, 기 천, 기 만과 몇 십 명과 수 십 명의 차이는 이렇다. 몇은 매김씨로, 수는 여러 뜻의 앞가지로 쓰인다. 앞의 말은 의문이나 부정을 담아 얼마 되지 않고, 뒤의 말은 양이 많다는 뜻이다.

과반수와 ○○여 만원의 진실

바야흐로 여름 휴가철. 어느 여행사가 직장인을 대상으로 조사한 결과 '약 70%가량'이 여름휴가를 가겠다고 응답했다. 이때 휴가 장소는 바다가 57%로 '과반수 이상', 휴가비는 3박 4일 기준 '20여 만원 이상'에서 30만원 사이가 절반에 가까운 46%였다고 한다.

그러나 위의 말 중에 '약 70%가량', '과반수 이상', '20여 만원 이상'의 표현은 잘못된 말이다. 과반수(過半數)라는 말은 절반을 넘는 수이므로 '이상'이란 말을 함께 붙여 사용하면 안 된다. '57%의 과반수를 차지했다'로 해야 한다. 그리고 약과 가량, 정도는 비슷한 뜻이므로 함께 쓰면 중복이다. '약70%'. '70%가량', '70%정도' 중에 하나만 골라 사용하면 된다. 또 %를 프로(Professional)로 읽으면 잘못이다. 퍼센트(Percent)로 읽어야 한다.

○○여 만원의 진실?은 다음과 같다. '20여 만원 이상'은 20만원을 넘는 액수이므로 '이상'이란 말과는 어울리지 않는다. 여(餘)는 나머지이기 때문이다. 그냥 20여 만원이라고 사용해야 한다.

'○○여'는 위치에 따라 그 의미가 달라진다. '20만 여원' —20만원은 넘지만 21만원은 이하를 말한다. 이런 경우는 '20만 여원'이 아니라 '20여 만원'이라고 해야 한다. 또 '20여 만원'은 20만원은 넘으며 21만, 25만원, 나아가서는 29만원까지(30만원 미만)도 사용 가능하다는 말이다.

"이(李) 주사, 요즘 업무 때문에 고생했는데 우리 직장인 70% 과반수가 바다로 휴가를 간다네. 20여 만원 들여 잘 다녀오게나!"

'부치다' 와 '붙이다'

　요즘은 이메일이나 홈페이지 등이 생겨 서로 편지를 쓰는 일이 거의 없다. 시골에서 자랄 때 문학청년시절 미지의 소녀에게 편지를 많이 써서 부치곤 했다. 빠알간 우체통에 편지를 부치고 집에 와 답장 올 그날만을 기다리던 꿈으로 아롱진 그날이 참으로 그립다.

　이처럼 편지나 물건을 어디로 보내거나, 사건·안건 등을 공판, 토론에 회부(回附)할 때는 '부치다' 를 쓴다.

　"편지를 그녀에게 부치고 왔다."
　"그 마을의 회관 건립건은 마을회의에 부쳐 결정하자."

　반면 풀로 붙여 꽉 달라붙어 떨어지지 않게 또는 가까이 닿게 할 때는 '붙이다' 를 쓴다.

　"영화 포스터를 동네 게시판에 붙였다."
　"이 물건을 그 벽에 바짝 붙여라."

　그러나 헷갈리는 경우가 있다. '밀어 부치다, 쏘아 부치다, 걷어부치다, 몰아 부치다' 로 많이 쓰는 경우이다. 이때는 '밀어붙이다, 쏘아붙이다, 걷어붙이다, 몰아붙이다' 로 사용해야 한다. 여기서 '－부치다'를 쓰지 않고 '—붙이다'로 적는 것은 '세게 밀어 한쪽으로 가까이 붙인다'는 뜻에서 비롯된 것이다.

긴 밤 잠이 안 올 땐 그리운 이에게 손으로 정성들여 편지를 쓰자. 그리고는 빠알간 우체통에 편지를 부치고 그리운 이한테 답장 올 그 날을 손꼽아 기다리자!

> "사랑하는 것은/ 사랑을 받느니보다 행복하나니라/ 오늘도 나는/ 에메랄드 빛 하늘이 환히 내다뵈는/ 우체국 창문 앞에 와서 너에게 편지를 쓴다 (중략)/"
>
> — 유치환 시인의 「행복」 중에서

그리고 나서

우리가 흔히 사용하는 말이다.

"아침에 세수를 했다. 그리고 나서 집을 나섰다."

'그리고 나서'라는 말을 사용하고 있다. 그러나 '그리고'에 '-나서'를 덧붙여 쓰는 것은 잘못이다. 이 경우는 '그러고 나서'로 써야 맞다.

'그러고 나서'의 '나서'는 보조동사 '나다'를 활용한 형태이다. 여기에서 '나다'는 "할 일을 하고 한결 홀가분했다"처럼 '-고 나다'의 구성으로 쓰여 앞 말이 뜻하는 행동이 끝났음을 나타낸다. 보조동사이므로 앞에 동사가 오게 된다.

'그리고'는 동사가 아니라 접속부사이므로 '그리고 나다'의 형태로 쓸 수 없다. 이 때문에 '그리고 나서'는 바른 말이 아니다. 앞의 말을 살리려면 이렇게 하면 된다.

"아침에 세수를 했다. 그리고 집을 나섰다."

'나서'를 빼고 "세수를 했다. 그리고 이를 닦았다."로 하면 된다. '저러고 나서', '이러고 나서'의 경우는 어떨까? '저러다'는 '저리하다' '이러다'는 '이리하다'의 준말이다. 둘 다 동사다. 그러므로 '-고 나다'가 붙어도 문제없다.

'그리고 나서'와 마찬가지로 흔히 잘못 쓰는 것이 접속부사 '그리고'에 '는'을 붙인 '그리고는'이다. '그리고는'이 자연스럽게 느껴지는 것은 바른 표현인 '그러고는'과 모양이 비슷하기 때문이다.

구조조정해야 할 '~적'

우리나라 말 중에 '~적' 이라는 말을 많이 사용한다. 매사에 '~적' 이다.

"경제적, 사회적, 정치적으로 성장이 높아졌다고는 하지만 아직 우린 더 노력해야 한다."

'~적(的)'에 대하여 알아보자. 한글애호가 배상복 선생님의 분석에 의하면 본래 '~적'은 '~의' 뜻으로 쓰이는 중국어 토씨였다. 일본사람들이 쓰기 시작한 것을 우리가 배워 쓰게 된 것이다. 영어의 '~tic'을 번역하면서 처음으로 '~적'이란 말을 썼다고 한다.

이후로는 '~식'이란 말 대신 '~적'이 많이 쓰이게 됐다고 한다. 우리나라에서는 개화기 잡지나 소설에서 처음으로 '~적'이 등장한다. '~적'이란 말이 일본에서 들어온 일제의 잔재말이니 사용하지 말자는 뜻은 아니다. '~적'이란 말은 이제 우리말의 상당부분에 뿌리를 내렸고 그 효용가치도 높아 적절히 그대로 사용하면 된다.

문제는 '~적'의 오용과 남용이다. '그는 아버지의 말씀이라면 무조건적으로 따르고 있다', '인터넷은 시간적, 공간적 제약이 없다'는 → '그는 아버지의 말씀이라면 무조건 따르고 있다', '시간, 공간 제약이 없다'로 하면 된다.

또 '장난적인 답변은 사양합니다', '조화적인 색채 감각을 바탕으로 했다'에서는 → '장난스러운' 또는 '장난기 있는', '조화로운'으로 하는 것이 자연스럽다. '몸적으로, 마음적으로 많은 준비를 하지 못했다'는 표현을 → '몸과 마음으로 많은 준비를 못했다'로 하면 된다.

'~적'의 과감한 구조조정이 필요한 때이다.

'아니에요'가 맞아요

우리가 잘 사용하는 말 중에 '아니예요'와 '아니에요'가 있다. 이 가운데 어느 말이 맞는지 종종 혼동이 된다. 대부분 '아니예요'라는 말로 잘못 사용한다. 그러나 여기에서 '아니다'의 경우 어간이 '아니'이므로 '아니+에요 → 아니에요'가 맞다.

또 '이어요'와 준말인 '여요'도 마찬가지다. '책+이어요 → 책이어요', '나무+여요 → 나무여요', '아니+어요 → 아니어요'가 된다. '아니에요'와 '아니어요'는 줄여서 '아녜요, 아녀요'로도 쓸 수 있다.

'아니어요'라는 말은 '저예요', '할 거예요' 등과 같이 어색하지 않기 때문이다.

'예요'는 '이에요'가 줄어든 말이며, '이'는 명사를 서술어로 만들 때 쓰이는 조사다. 명사의 경우 받침이 있으면 '이에요', 없으면 '예요'와 결합한다. '이예요'는 없는 형태다. '집사람+이에요 → 집사람이에요' 등과 같이 받침이 있는 명사에는 '이에요'가 붙는다.

받침이 없을 때는 '이에요'보다 '예요' 발음이 자연스럽기 때문이다. 그러나 명사가 아닌 용언(동사·형용사)의 어간과 직접 결합할 때는 서술격 조사 '이'가 필요 없으므로 '에요'만 붙는다. 명사일 때는 받침이 있으면 '이에요', 없으면 '예요'가 자연스럽게 발음되기 때문에 혼동이 된다.

요컨대 동사와 형용사의 경우 어간에 '에요'가 붙는다는 사실과 '아니예요'가 아니라 '아니에요'라는 것을 잘 알아두자.

한글 애용론자의 말

각종 지면에 '한국어' 관련 글이 나가자 여러 사람들한테 연락이 온다. 대부분 격려의 말을 해주거나 잘못된 부분을 친절하게 알려 주어 한국어 공부에 도움이 된다.

나의 한국어 공부의 시작은 스무 살 시절로 돌아간다. 1980년대 긴 머리칼에 청바지를 입던 문학청년시절 서울에 살 때 이숭녕 국문학자를 몇 년 가까이 모시고 활동하면서 해박한 고담준론(高談峻論)과 쉬운 우리말 뜻풀이 마당에 반하였다.

그 후 지속적으로 우리말 공부를 하게 되었고 이제는 그 멍석 위에서 스스로 우리말과 글의 굴레에 씌워 우리말의 풀물든 영창(映窓)이 되었다. 한글전용론자가 아닌 애용론자로서 이 기회에 일깨워주신 앞선님들께 감사드린다.

나의 아호는 '나은' '길벗'이며, 나의 가시버시(아내)의 아호는 '구루터기'이다. 큰딸은 김바램이요, 둘째는 김나아이다. 따라서 함께하는 모임의 직책은 고문이 살핌이, 회장은 촌장, 총무는 살림이, 홍보는 알림이, 서기는 기록이, 회계는 돈셈이 등이다.

어떤 한글학자는 앞으로 수 백 년 후에는 우리말과 글이 지구상에서 사라질지 모른다고 예단하고 있다. 우리가 먹는 밥, 가정, 농촌에서 경작하는 농산물, 조상의 산소, 어릴 적 뛰놀던 뒷동산, 시냇물, 갯고랑, 아지랑이, 논과 밭, 소, 강아지, 돼지 등이 외래어로만 불린다면……? 아, 생각만해도 삭막하다.

제2장

외래어와 한문

"남을 아는 것은 지혜로운 일이다. 그러나 자신을 아는 사람은 참으로 밝은 사람이다. 남을 이기는 것은 힘이 있는 일이다. 하지만 자기를 이기는 것은 가장 강한 일이다."

— '노자' 의 어록 중에서

커트? 컷? 컽?

영어 단어 'cut'은 '컷, 컽, 커트' 등 세 가지 이상으로 표기된다. 어떤 것이 바른 말일까? 이 중에서 가장 먼저 제외되어야 할 표기는 '컽'이다.

외래어를 표기할 때는 'ㄱ, ㄴ, ㄹ, ㅁ, ㅂ, ㅅ, ㅇ'의 7개 받침만 쓰도록 '외래어 표기법'에서 규정하고 있다. 고유어에서 'ㄷ, ㅈ, ㅊ, ㅋ, ㅌ, ㅍ, ㅎ' 등을 받침으로 쓰는 것은 그것이 단독형으로 쓰일 때에는 대표음으로 소리나더라도 모음 앞에 올 때는 그 음가(音價)대로 발음되는 것을 나타내기 위해서이다.

'밭'을 '밧'이나 '받'으로 쓰지 않는 이유는 '밭을'[바틀], '밭에서'[바테서]와 같이 모음으로 시작하는 조사 앞에서 'ㅌ'음이 발음되기 때문이다. 외래어의 경우는 모음으로 시작하는 조사와 결합할 때에도 [커틀], [커튼]과 같이 발음하지 않으므로 '컽'과 같은 표기는 허용되지 않는다.

영어 단어의 'cut'은 '커트'와 '컷' 둘 다 맞는 말이다. 다만 사용하는 형태에 따라 의미가 다르다. '커트'의 경우는 전체 중에서 일부를 잘라낸다는 의미이며, 또는 탁구 등의 운동에서 공을 옆으로 깎아 칠 때의 방법을 뜻할 때 쓰인다.

'올 봄엔 커트 머리가 유행할 것'으로 쓸 때에는 '커트'를 사용해야 하고, '이번 영화는 한 컷, 한 컷 정성을 다 해 찍었다.'라고 할 때에는 '컷'을 사용해야 한다. 따라서 여기서는 '컽'을 배제하고 '커트'와 '컷'이 맞는 말이다.

선거 분야의 외래어

지방자치시대가 활짝 열리면서 선거가 잦아졌고 선거춘추전국시대에 돌입한 셈이 되었다. 이때는 갖은 소문과 말들이 많이 생성된다. 특히 선거와 관련된 외래어도 어느 분야 못지않게 무분별하게 범람한다. 지방선거 추진 종사원으로 봉사를 하고 있는 어떤 사람이 이렇게 말했다.

"지난 개표 종사원 근무 때 '인육(人肉)이 묻지 않도록 조심하십시오' 라는 안내글에 황당했다."

이를 순화한 용어로 풀어보면 이렇다.

"손가락에 도장밥이 묻지 않도록 조심하세요."

이런 좋은 말을 두고 인육(?)이라니, 쯧쯧. 어느 후보가 각광을 받는다는 말은, 주목을 받는다가 좋은 순화용어이다. 또 감언이설은 달콤한 말, 개탄은 탄식, 게재순위는 적는 순서, 견적서는 추산서, 모 후보와 결탁하다는 서로 짜다, 경하하다는 축하하다, 교시앙망은 가르쳐주시기 바랍니다, 구두소명과 호천은 구두해명과 추천 등으로 순화한 말을 사용하여야 옳다.

투표용지 기 송부는 이미 보냄, 마타도어는 흑색선전, 모종의 루머는 어떤 소문, 부동표는 떠돌이표, 불편부당은 공정하지 못함, 선거행낭은 선거자루, 섭외는 교섭, 색인은 찾아보기, 선출은 뽑음, 영입은 맞아들임, 이합집산은 뭉치고 흩어짐, 종지부를 찍다는 끝맺다, 중차대하다는 매우 중요하다, 천정부지는 하늘 높은 줄 모른다, 촌음은 짧은 시간, 탕감은 덜어줌, 피켓은 손팻말, 통보의뢰함은 알려주시기 바랍니다, 캐치프레이즈는 선전구호 등으로 각각 순화한 말을 사용해야 한다.

한국어의 외래어 혼용

　요즈음의 시대를 글로벌화 시대라고 한다. 이런 시대에 세계 공용어인 영어와 중국어, 일본어, 독일어 등 다국적, 다중화, 다문화 외국어를 유창하게 구사하여야 무식하다는 말을 안 듣는 것일까? 그러나 우리말로 표현 할 수 있는 말임에도 습관처럼 외국어를 혼용하고 있다. 다음의 보기가 좋은 사례이다.

　'리포트 → 보도자료/ 매스컴 → 대중전달/ 메뉴 → 차림표/ 미니스커트 → 깡통치마 또는 짧은치마/ 바겐세일 → 싸게 팔기/ 베스트셀러 → 인기상품/ 보너스 → 상여금/ 브랜드 → 상표/ 브로커 → 중개인/ 사우나탕 → 증기 목욕탕/ 샐러리맨 → 봉급생활자' 로 표현하면 얼마나 좋을까?

　'섹시하다 → 관능적/ 센스 → 눈치/ 셀프서비스 → 손수하기/ 스캔들 → 좋지 못한 소문/ 스킨십 → 살갗닿기/ 스트레스 → 긴장 또는 짜증/ 아이템 → 항목/ 알리바이 → 현장부재 증명/ 에피소드 → 일화/ 옴니버스 → 엮음/ 유니섹스 → 남녀겸용/ 인터체인지 → 입체 교차/ 카운터 → 계산대/ 코미디 → 희극인/ 크레디트 카드 → 신용카드/ 텔레파시 → 정신감응/ 토스트 → 구운빵/ 트레킹 → 모험여행/ 팡파르 → 축하음악/ 프로젝트 → 연구과제/ 플래카드 → 현수막(플래카드는 횡격막이고, 플래카드는 좌에서 우측으로, 현수막은 위에서 아래로 거는 것을 말함)/ 힌트 → 귀띔' 으로 각각 순화된 용어로 사용하는 것이 부드럽고 어감이 좋지 않을까?

이 밖에도 미술 용어이다. 공장의 봉제 용어, 신문제작 용어, 임업 용어, 전산기 용어 등 많은 분야에서 우리의 말이 외래어와 혼용되어 사용되고 있다.

충돌과 추돌을 아시나요?

우리나라의 자동차 보유 대수가 현재 약 2천만 대에 가깝다고 한다. 그 중 승용차가 70%를 차지한다. 월드컵과 올림픽을 유치한 우리나라의 경제적 순위는 세계 10위권 수준이다. 우리는 자동차 춘추전국시대에 살고 있어 좋기는 하다만, 교통사고도 세계에서 가장 많이 나는 우선순위에 우리나라가 든다고 한다.

이때 교통사고가 나면 흔히 신문 사회면에 '추돌사고로 인한 고속도로 정체가 심하다', '차량 충돌로 인명 피해가 발생하다' 등의 표현이 자주 나온다. '충돌'과 '추돌', 둘 다 부딪힘을 뜻하는 것인데 구분해 쓰는 이유가 있다.

"자동차가 마주 오던 트럭과 충돌했다."
"대학교에서 시위대와 경찰의 격렬한 충돌이 있었다."

이런 경우처럼 '충돌'은 서로 물리적 환경이든 정신적 환경이든 간에 서로 날카롭게 맞부딪치는 현상을 말한다.

'추돌'은 자동차나 열차가 '뒤에서' 들이받는 것을 말한다. '급정차한 자동차 때문에 다른 차들이 추돌하는 사건이 발생', '갑자기 뛰어든 멧돼지의 출연으로 갑자기 멈춰선 차 때문에 5중 추돌 사고 발생'처럼 '추돌사고'는 전혀 예측할 수 없는 상황에서 일어나는 경우가 많다.

　조선조 때 유명한 승문원(承文院)학자 박세무(朴世茂)는 우리 인간에
대하여 이렇게 말했다. '천지지간 만물지중 유인최고(天地之間 萬物之衆
唯人最高)' 즉 하늘과 땅 사이에 살아 있는 만물 중에 사람이 가장 귀하
도다.

한문도 변해요

자고 일어나면 세상도 변하고 사회도 변하다 보니 사람도 수시로 변한다. 이에 따라 우리말도 변하고 있는데, 변하는 것은 우리말뿐이 아니다. 중국어권인 한문도 시류에 영합하며 변하고 있어 뜻있는 국어학자들의 우려를 자아내고 있다.

그 한 예로 지난날 검사들과의 대화 중에서 이런 말이 생겨났다. 어느 대통령의 말에 '진정성'이 있다. 실제로 진정성이란 말은 국어사전에는 없는 말이다. 이 말의 뜻은 진실성에 바름과 직선적임의 뜻을 더할 필요가 있어 진정성이라 붙였을 것이다.

이 진정성이 지속적으로 사용될지 알 수는 없으나 한글 표준어 규정에서는 어원에서 멀어진 형태로 굳어져 널리 쓰이는 말은 그것을 표준어로 삼는다고 규정하고 있기 때문에 지속적으로 사용한다면 변한 한문이 표준어로 정착할 수 있다.

또한 검찰이나 경찰, 법조계에서 쓰이는 말 중에 '외압'이란 말이 있다. 이는 '외부 압력'이란 말의 줄임으로 사용하는 말이다. 그리고 잘 사용하는 '거악'이란 말이 있다. 이는 '거대한 악'이란 말의 줄임 말이다.

우리의 한글과 한문이 변화무쌍한 사회적 큰 물결 속에서, 명멸하는 우리말에 순응해야만 하는 미욱한 우리 인간상의 나약함에 자괴감이 드는 것은 우리말을 사랑하는 나만의 심정일까……?

한자말과 우리말의 뜻

한국어를 사용하자고 하면서 유교문화권에 살고 있는 우리는 한글과 한문을 함께 사용할 수밖에 없다. 나도 우리말 애용론자이지 전용론자는 아니다.

한자말과 한글을 혼용하면서 우리가 간과하는 말이 있다. 제대로 알고 넘어가야 할 부분이 있다.

한자말은 대체적으로 한자의 뜻이 잘 적용되어 있지만 반대로 애매한 뜻이 있는 경우가 있다. 그 예의 하나로 '제자(弟子)'는 '아우 제', '아들 자'로 되어 있다. 그런데 이 뜻의 본래 의미는 '스승의 가르침을 받는 사람' 즉, 문도(門徒)를 뜻한다.

'공부(工夫)'라는 단어는 장인 또는 공업의 '공'이고, 지아비 또는 사내 '부'를 사용하는데 학문과 기술을 닦는 일을 뜻하므로 실제의 한문 뜻과는 다르다.

한글 표준어 규정에서는 어원에서 멀어진 형태로 굳어져 널리 쓰이는 말은 그것을 표준어로 삼는다고 규정하고 있다.

이미 우리 사회에 굳어져 사용하는 위의 모순된 한자어와 우리말의 뜻을 이제 와서 어쩔 수는 없지만 학문은 영원히 인간에게 지식의 원천이다.

학문을 들여오는 초기에 좀 더 깊게 성찰하여 정착시켜야 한다. 그래서 교육은 '백년지대계'라고 한다. 시인 '괴테'의 말처럼 "유능한 사람은 언제나 배우는 사람"인 것이다.

겹말에 대하여

　명창 신재효의 판소리 〈춘향가〉를 들어보면 '한산 세저 구슬빛 옥색 몸에 맞게 지은 도포' 라는 대목이 나온다. '구슬빛과 옥색(玉色)'은 모순된 겹말이다. '구슬옥(玉)'은 끈에 꿰게 된 작고 둥근 옥이다. 앞말과 뒷말 중에 하나는 빼어야 바른말이다.

　지명도 비슷한 예가 있다. 서울 강남에 가면 '개포동'이 있다. 이 마을은 본래 늪이 진 땅이다. 우리말의 직접적인 표현은 '개땅'이 맞다. 어느 세월에 걸쳐 개땅에 마을이 형성되자 지명이 '개포(浦)'로 굳어져 버린 겹말이다.

　그리고 그물코 같은 구멍이 있는 망 '그물망(網)'은 핏줄 검사용 치료 기구이다. 나무판에 금을 긋는 연장도 '금(金)쇠'라고 한문과 한글을 동시에 사용하는데 이는 '금쇠'가 바른말이다.

　다음은 우리가 알거나 모르거나 무심코 쓰는 한자와 한글의 겹말이다. '각(角)뿔마다, 끝말(末)마다, 난생(生)처음, 낱개(箇)로 하나씩, 늘상(常)마다, 집당(堂)을 지나, 두메산(山)골 내 고향, 살아생전(生前)에 효도하려고, 미치광(狂)이처럼, 시(時)도 때도 없이, 시시(時時)때때로, 앞선(先), 앞전(前)에, 야(夜)밤에, 얼혼(魂), 유아원(院)집, 족(足)발집, 촌(村)마을 마다, 탄(彈)알박이, 우거지탕(湯)국 한 그릇, 한(限)도 끝도 없이, 해년(年)마다, 굳건(建)하다, 글자(字)마다, 뼛골(骨) 깊이 새기다, 온전(全)하다, 장(場)마당을 지나, 튼실(實)하다' 등이다.

불과 물의 유래

요즘 많은 유형의 사무실이 문을 연다. 이를 대부분이 '개소식(開所式)'이라고 명명한다. 또는 외래어 상승에 힘입어 '오픈(open)'이라는 말도 종종 사용한다. 집을 이사해서 사람들을 초청할 때는 '집들이'라고 한다. 그러면 사무실 개소식도 '사무실들이'로 부르면 얼마나 좋을까?

또 우리가 흔히 마시는 커피에 설탕을 넣어 먹는다. 이때 '백(白)' 설탕과 '흑(黑)' 설탕이 있는데 백설탕과 흑설탕은 흰 설탕, 검은 설탕이라고 불러야 맞다.

언론방송사에서는 우리 사회의 경제적 상황이 안 좋을 때는 보통 '빨간불'이 들어왔다고 말한다. 반대로 좋은 상황은 '파란불'이라 한다.

여기서 말하는 빨간불, 파란불은 건널목에서 교통신호등이 행인에게 건너가면 안 된다 또는 좋다고 알리는 신호이다. 그나마 과거에는 '적신호(赤信號)', '청신호(靑信號)'를 자주 썼지만 한글사용 정책에 따라 지금은 빨간불, 파란불로 부른다. 여기서 말하는 불과는 좀 거리가 있지만 불과 관련된 재미있는 어원이다.

- 'ㄹ'이 받침말이 없어진 채로 사용하는 말 ☞ 부나무, 부나비, 부넘기, 부대기, 부삽, 부손, 부싯돌, 부지깽이, 부집게, 부젓가락
- '물'의 'ㄹ'이 없어진 말 ☞ 무날, 무넘기, 무논, 무대, 무색, 무수

리처럼 '물과 불' 이란 말에서 'ㄹ' 소리가 나지 않는 말.

  또 '부리나케, 부랴부랴' 도 '불이나게, 불이야 불이야' 가 본래말이다. '급히 서두르는 일, 몹시 다급함' 을 말한다. '부질없이' 도 '불 지를 일 없이' 에서 온 말로 본다.

성패와 승패

스포츠 경기장에서는 우수한 팀과 그렇지 못한 팀이 승패를 가리는 경기를 갖는다. 여기서의 '성패'와 '승패'에 대하여 종종 혼동을 겪는다.

성패와 승패를 구분하는 말을 가만히 들여다보면 그리 어렵지 않다. '성패(成敗)'는 '성공과 실패(되고 안 됨)'이고, '승패(勝敗)'는 '승리와 패배(이기고 짐)'를 일컫는 말이다. 그러나 우리는 별 생각 없이 이 두 언어를 잘못 사용하는 경우가 있다. 다음이 그 예문이다.

"지난 선거는 우리나라 지방자치의 승패를 가름하는 분수령이다."
"이번 월드컵의 성패는 과연 어느 나라일까?"

라는 말을 가만히 살펴보자. 언뜻 보기엔 문제가 전혀 없어 보인다. 그러나 앞의 문장은 '승패'가 아니라 '성패'로 고쳐 사용해야 옳은 말이다. 앞으로 우리나라의 지방자치 살림이 성공할지에 대한 말이기 때문이다. 뒤의 말은 이기고 짐을 가르는 경기이기 때문에 승패라는 말이 맞다.

'지난 선거에서 적은 숫자로 승패한 사람이 몇 사람이 될까?', '독일 월드컵에서 뛰어난 기량과 전술을 가진 나라가 성패를 결정할 가장 중요한 변수이다'에서 앞의 문장은 틀린 문장이고, 뒤의 문장도 틀린 문장이다.

  성패는 성공과 실패의 잘되고 안 된다는 뜻이고, 뒤의 문장은 이기고 지는 것의 맞대결 승패이기 때문이다.

누리그물 이야기

우리나라 국민 중에 70%가 누리그물(인터넷)을 사용한다고 한다. 세계적으로도 짧은 누리그물 역사 속에서도 우리나라만큼 급속히 퍼진 나라가 없다고 한다.

누리그물에 올리는 글들은 다 파악할 수 없을 만큼 다양하며 무한하다. 마치 끝 간 데 없이 드넓은 바다 위에서 전자말전쟁을 치루는 듯하다.

다섯 개의 손가락으로 펼치는 누리그물 봇물신화는 문화, 정치, 경제, 스포츠 등 만학의 산실이기도 하다. 이젠 누리그물 없이는 우리의 삶이 없다고 해도 과언이 아닐 정도로 생활화되어 있다.

그러나 자기 마음대로 쓰고 받는 누리그물 이야기라도 서로 예의를 갖추고 상대방을 존중하여야 한다. 자유와 방임은 서로 '존중받고 사랑받는 규율'이어야 하고, '질서를 지키는 규칙'이어야 한다.

따라서 누리그물에 올리는 글 또한 정확하여야 하는데 어떤 때는 저급한 내용으로 상대방이 이해 못할 낙서를 올리곤 한다. 문장의 조련을 통하여 수준 높은 글을 아래와 같이 올려야 한다.

① 제목은 압축되고 핵심을 갖춘 것이야 함.
② 두괄식이나 쌍괄식의 짜임새 있는 문장을 작성할 것.
③ 약간의 표현기교가 있는 멋진 문장이어야 함.

④ 시각적 문장의 부호를 사용할 것.

⑤ 정확하고 알맞은 낱말을 사용할 것.

⑥ 너무 길지 않고 간략한 문장의 요지를 갖춰야 함.

한문에 밀려난 순 우리말

중국의 유교 문화권에 속한 우리나라는 한문과 한글을 함께 사용하고 있다. 그런데 순수 우리말이 한문에 밀려나 아쉽다.

그 예의 하나로 예전에 잘 사용하는 '진지는 식사(食事), 달걀은 계란(鷄卵), 장난감은 완구(玩具), 차례는 순서(順序)'라는 말의 한문으로 변하였다. 이렇게 순 우리말이 한문권역에 밀려나고 있다.

또 예전에는 우리 몸의 살결이 곱다, 살갗이 터서 아프겠다고 말했다. 그러나 요즘은 어떠한가? 얄궂게도 이제는 피부(皮膚)라는 언어로 전면 분화했다. 이제는 아예 피부가 곱다, 피부가 터서 아프겠다고 자랑스럽게 말을 한다. 그러나 살결은 살갗의 결을 말하며, 살갗은 살가죽의 겉면을 말하는 것이다. 따라서 위의 두 말의 뜻을 합쳐서 피부라고 부르는 것은 잘못된 말이다.

우리 몸의 장기인 폐(肺)는 우리말로 허파이다. 따라서 비장(脾臟)은 지라이다. 그래서 예전에는 '허파에 바람이 들었느냐?' 하고 잘 웃는 사람을 놀리기도 했다.

셈을 따질 때 십(十)은 열이요, 백(百)은 온이며, 천(千)은 즈믄이라고 사용했는데 지금은 잊혀져가는 아득한 먼 옛날 얘기로만 들리는 것은 비단 나만 애타는 심정일까?

식사를 진지로, 계란을 달걀로, 완구를 장난감으로 부르면 우리 민족이 무식한 것일까? 기왕 욕심을 부려보자. 우리 몸의 살결과 살갗을 다루는 '피부과 병원'을 '살결과 살갗 잘 다듬는 의원'으로 바꿨으면 하는 바람을 가져본다.

최대와 최다는?

우리가 어떤 일을 놓고 수치를 따질 때 최대(最大)와 최다(最多)라는 말을 자주 사용한다. 최(最)는 '접사'로 일부 명사 앞에 붙어서 ㉠ 가장 ㉡ 제일의 뜻을 더하는 접두사이다. 그러나 ㉢ 모두 ㉣ 우두머리 ㉤ 모으다 ㉥ 모이다의 뜻도 있다. 높이를 나타내는 말은 최고(最高), 최저(最低), 시간을 나타낼 때는 최고(最古), 최신, 앞뒤를 나타낼 때는 최전방, 최후방이라고 한다.

최대(最大)와 최다(最多)는 한자어이다. 그 풀이를 잘 살펴보면 해답이 나온다. 대(大)는 크기에 관한 것이고, 다(多)는 양(量)에 관한 말이다. 따라서 '최대'는 '가장 크다', '최다'는 '가장 많다'는 뜻이다. 그러나 사용하는 범위는 크기와 양으로 명확하게 구분하는 것이 쉽지 않다. '최대'는 수, 양, 정도 등에 폭넓게 사용되는 반면 '최다'는 양, 횟수 등에 제한적으로 적용되기 때문이다.

예를 들면 '최대'는 '최대속도, 최대용량, 사상 최대의 행정적 결과, 역량을 최대로 발휘하다, 지난해에 비하여 최대 위기를 맞았다' 등 여러 곳에 적용된다. 반면 '최다'는 '최다득점, 최다홈런, 최다우승 등 주로 명사 앞에서 양이나 횟수 등에 사용된다.

혼동해 사용하는 경우도 있다. 예를 보면 이렇다.

"최대 득표자가 누가 될지 관심이 쏠리고 있다."

"그 산은 지역에서 최대로 높은 산이다."

앞의 문장은 최대가 아니라 '최다'이다. 양을 따지기 때문이다. 또 뒤의 문장은 맞는 말이다. 크기를 말하기 때문이다. '최대'와 '최다'의 견줌말은 같은 말 '최소'이지만 한자는 '최소(最小)'와 '최소(最少)'로 다르게 표현한다.

댓글에 대하여

전 세계적으로 우리나라만큼 짧은 인터넷 역사를 가지고 인터넷이 급속히 확산·발전한 나라는 없다고 한다. 인터넷 강국이 되면서 이에 따른 인터넷 용어들이 속속 등장, 분화하고 있다.

그 가운데 잘 사용하는 '덧글, 댓글, 답글, 꼬릿말…'이란 말이 있다. 이 말은 인터넷을 통한 게시물 아래에 짧게 답장하는 말이다. 한문으로는 주석, 비평이라고 하며 우리말로는 '대답하다, 응수하다'로 통용되기도 하는데 영어로는 '리플라이(리플)', '코멘트'라고 한다.

인터넷 보급 초기에는 're'로 표기된 '리플라이' 또는 '답글'만 사용했다. 그러나 뒤에 '리플라이'와 기능이 비슷하지만 그보다 더 포괄적이고 발전된 형태인 '코멘트'가 생기면서 이들을 구분하지 않고 우리말로 답글, 댓글, 덧글 등이 널리 사용하게 되었다.

그러나 인터넷 사이트 등 매체마다 제각기 표기함으로써 네티즌들은 혼란스럽다고 한다. 따라서 용어의 정리와 통일이 필요하다.

국립국어연구원은 표준어로 지정되지 않은 신조어지만 대답하는 글, 덧붙이는 답글을 뜻하는 '댓글'이 '대+사이시옷(ㅅ)+글'로 조어법상 문제가 없고, 네티즌을 상대로 한 여론조사 결과 50% 이상의 지지로 사회성이 있다는 입장이다.

따라서 우리말로는 '댓글'이 가장 좋고, 한문은 '주석'이며, 영어로는 '리플라이' 또는 '리플'이라고 부르는 게 좋다고 했다.

반증(反證)과 방증(傍證)은?

여기서 '반증(反證)'은 잘못 쓰였다. 방증(傍證)으로 바로잡아야 한
다. '방증'은 '사실을 직접 증명할 수 있는 증거가 되진 않지만, 주변
의 상황을 밝힘으로써 간접적으로 증명에 도움을 주는 증거(supporting
evidence)'를 의미한다.

반면에 '반증'은 '어떤 사실이나 주장이 옳지 아니함을 그에 반대
되는 근거를 들어 증명함(disprove), 또는 그런 증거(counterevidence)'라
는 뜻이다.

① 새로운 일을 입증하는 경험적 자료보다는 그것을 반증하는 경험
적 자료가 있어 늘 하는 일이 수월하다.
② 범인은 자신의 혐의를 부인했지만 그것을 반증할 만한 증거자료
가 없었다.

①과 ②의 '반증'은 바르게 쓰였다. ①에서는 새로운 일이 아니라는
것을, ②에서는 자신이 혐의 없음을 증명하는 것이다.

'반증'과 '방증'을 쉽게 구별하기 위해선 '반증'은 '부정적[반대되는] 증거'를, '방증'은 '간접적[뒷받침하는] 증거'를 대입해 보면 된다.

"누군가 의심을 받을 경우 합리적인 자료로 반증하라. 그럴 수 없다면 정확한 방증자료를 넉넉하게 확보하라."

따 놓은 당상

　무슨 경기에서 금메달 후보로 거론되던 선수를 놓고 우리는 종종 '따 놓은 당상'이라고 자신만만해 한다. 그만큼 금메달감으로 손색이 없는 훌륭한 선수라는 것이다.

　이렇게 어떤 일이 확실하여 조금도 틀림이 없이 진행될 것이란 의미로 우린 '따 놓은 당상', '떼어 놓은 당상', '떼 논 당상', '따 논 당상' 등이라고 호언장담을 한다.

　그러나 여기에서 떼 논 당상, 따 논 당상은 틀린 말이다. 본디 당상(堂上)이란 정3품 이상의 벼슬을 통틀어 가리키는 말로, 이들 관원을 통상 당상관(堂上官)이라 부른다. 이들 당상관은 망건에 옥관자·금관자를 달고 다녔다.

　떼어 놓은 당상은 따로 떼어 놓은 옥·금관자처럼 당상관 외에는 아무도 소용이 없어 누가 가져갈 리 없다. 즉 확실한 일, 으레 자기가 차지하게 될 것이 틀림없는 일을 나타낸다.

　현재의 한국어사전은 떼어 놓은 당상, 떼 놓은 당상, 따 놓은 당상을 모두 인정하고 있다. 떼어는 떼로 줄여 쓸 수 있다. 어간 떼 뒤에 유사한 음인 보조석 연결어미 어가 생략된 것이기 때문이다. 베어를 줄여베라고 하는 거나 세어를 줄여 세라고 하는 것과 같은 이치이다. '받침 ㅎ' 소리가 줄어 나타나지 않는 용언은 형용사인 경우 '까맣다─까마니, 퍼렇다─퍼러며'처럼 'ㄴ ㅁ' 앞에서만 가능하므로, 동사인 떼어 놓은, 따 놓은을 떼어 논, 따 논으로 표기하는 것은 잘못이다.

사죽, 사족

우리가 어떤 일을 하다가 무슨 일에 빠지거나 또는 꼼짝 못할 때 통상적으로 '사죽을 못 쓴다' 라고 말한다.

"맞아, 그 멋진 남자 '알랭 들롱' 이 나오는 영화를 보면 그녀는 사죽을 못 쓴다."

그러나 이는 틀린 표현이다. 사죽이란 말 대신에 사족(四足)을 '못 쓴다' 라고 표현해야 맞다.

여기서 '사족(四足)' 은 짐승의 네 발, 또는 네 발 가진 짐승을 뜻한다. 두 팔과 두 다리를 가리키는 사지(四肢)를 속되게 이르는 말이다. 따라서 사지를 움직일 수 없을 정도로 좋아한다는 뜻이다. 이렇게 표현할 때는 사족을 '못 쓴다' 라고 해야 맞다.

한편, 군더더기 설명을 '사족(蛇足)' 이라고 한다. 이는 화사첨족(畵蛇添足)의 준말이다. 뱀을 그리는 과정에서 제일 먼저 뱀의 발을 그린 사람이란 뜻이다.

실제 뱀의 몸에 있지도 않은 발까지 그려 넣어 완벽한 화사화(畵蛇畵)의 작품으로 몰고 가서는 결국 실패했다는 고사에서 나온 말이다.

그리고 사족의 얘기 또 하나.

"대전에서는 세계 요리 대회 행사가 열렸다. 이번에 열리는 세계 요리 대회의 테마는 21세기 최첨단의 환상과 공포이다. 요리라면 '사족(四足)'을 못 쓰는 사람들이 모두 다 관람하러 올 것이다."

경성의 악령?

　서울의 일제 강점기 때 이름은 '경성(京城)'이다. 본래의 뜻은 '서울의 잣(성)'이다. 조선 때의 '한성'을 1910년에 일제가 '경성부'로 바꿔 부르기 시작하여 경성이라고 했다. 정부는 광복 후 '서울'이란 이름으로 바꾸어 부르기 시작했다. 따라서 '경성중학교'가 '서울중학교'로 바뀌고, '경성(제국)대학교'가 '서울대학교'로 바뀌었다.

　일본이 황국신민으로 세뇌하려고 1941년부터 일본과 한국, 대만의 '소학교'를 '국민학교'라고 변경하여 부르기 시작했다. 그러나 태평양 전쟁이 끝나자마자 일본과 대만에서는 '국민학교'라는 이름을 없애고, '소학교'로 바꾸어 부르기 시작했다. 그런데도 우리는 늦장을 부려 1995년 50년 만에야 힘들게 국민학교를 '초등학교'로 바꾸어 불렀다. 물론 정부조직에 남아 있는 친일세력의 준동 때문이다.

　일제 강점기 때 '경평축구'라는 게 있었다. 이것은 경성과 평양의 대항 축구 경기이다. 이는 서울과 평양의 축구경기이니까 '서평축구'라고 해야 한다. 만약 '서울대학'과 '평양대학'이 축구경기를 하면 '경평대학 축구경기'라고 할 것인가? 그런데 왜 아직도 경평축구인가?

　그뿐이 아니다. 우리 사회의 기간산업인 '경부선, 경원선, 경의선, 경인고속도로, 경춘가도'라고 지금도 사용하고 있다. 이것은 '서부선, 서원선, 서의선, 서인고속도로, 서춘가도'로 바꾸어 불러야 할 것 아닌가?

지금도 독도가 자기네 땅이라고 우기는 일본의 악령(!)에서 언제 벗어날 것인가?

거리 이름

우리나라의 거리 이름은 대부분 그 지역의 지명이나 역사인물의 이름이 붙어 있다. 거리 이름 중에는 순수한 우리말로 지은 곳은 '서울'과 전북의 '임실' 정도일 것이다. 그리고는 대부분 한자어로 된 거리 이름이다.

서울 강남구 압구정동에 가면 '로데오 거리'가 있다. 우리나라에 외국어로 된 이름이 아주 없는 것은 아니지만 구체적인 지명으로는 드문 예이다. 로데오 거리는 미국 로스엔젤레스 베벌리힐스 이웃의 고급 옷가게 거리인 '로데오 드라이브'에서 따온 것이다.

로데오 거리에는 고급 옷가게와 찻집이 있다. 서울 화양동과 연신내, 신정동, 문정동, 창동 등지와 경기도 일대의 일산과 분당, 안산, 수원을 비롯해 대학촌, 번화가마다 '로데오 거리'가 속속 들어서 있다.

외국어로 된 우리나라 거리 이름 중에는 서울 강남의 '테헤란로'와 목동의 '파리공원', 부산의 '유엔묘지' 등이 있다. 그리고 외국의 공원을 조성한 곳은 서울의 '중국공원과 일본공원, 독일공원', 경남 남해의 '독일촌'이 있는데 양국이 수교의 기념으로 각각 해당 국가에 그 나라의 전통양식 공간을 꾸며 놓았다.

역사인물을 딴 거리로는 서울 용산구 효창공원 쪽으로 이어지는 뒷길들에 '임정1길, 임정2길… 임정9길'이라는 이름이 있다. 이는 효창공원에 상하이 임시정부 요인, 의사와 열사들을 모신 묘역이 자리 잡은 것과 관련이 있다.

    요즘에는 각 지방지차단체마다 그 지역의 고유한 지명을 붙여 길잡이 노릇을 톡톡히 하고 있다.

재원(才媛)의 뜻?

한글전용시대에 한자는 저만치 물러간 듯하지만 한자의 뜻을 알면 한글의 이해가 쉽다는 것을 알아야 한다. 따라서 한글, 한자 병행의 공존시대에 한글과 한자의 의미를 함께 아는 것도 공부하는 학생이나 직장인의 공부에 도움이 된다. 서로 돕는 순기능과 역기능을 갖고 있기 때문이다. 예를 들면 이런 말이 있다.

"박 교수는 하버드 대학을 우수한 성적으로 졸업한 '재원' 이야!"
"유성미는 한국골프를 짊어질 차세대 '재원' 으로서 현재 국내외의 주목을 받고 있다!"

재원(才媛)은 '재주가 뛰어난 젊은 여자' 를 가리킨다. 남자인 박 교수에게는 '재원' 이라는 말을 사용할 수 없다. 여기에서 '원' 은 '미인 원(媛)' 을 사용하는데 대부분 한자의 '인원 원(員)' 을 연상해 언어의 오류를 범하고 있다. 한자의 '미인 원(媛)' 을 알았던들 실수를 예방할 수 있었다.

또 신문의 '부음기사' 에서 주로 볼 수 있는 '향년'.
"한국의 중소기업 발전에 공헌을 해온 태양기업의 이 아무개 회장이 향년 90세로 타계했다."

"비구상 화가로 유명한 최 아무개 화백이 향년 80세의 나이로 30대의 여자 제자와 서울 하얏트 호텔에서 약혼식을 올려 장안에 화제이다."

향년(享年)은 한평생 살아온 나이로 죽은 사람에게만 사용할 수 있는 말이다. 따라서 앞의 예문은 맞으나, 뒤의 예문은 틀리다. 살아 있는 사람을 죽은 이로 만드는 셈이다. 향년(享年)은 반드시 죽은 사람에게만 붙이는 말이기에 그렇다.

유례와 유래

우리가 어떤 사례를 보고 '비슷한 예'를 찾을 수 없었다고 말한다. 이 말을 한자로 하면 '그 유례(類例)를 찾아볼 수 없는'으로 사용할 수 있다. 그러나 이와 비슷한 말 '유래'라고 말을 혼동하여 더러 잘못 사용한다. 여기에서의 유래(由來)는 '사물이나 일이 생겨난 바'를 말한다. 예문을 들어보자.

"그 화가의 구상화 기법은 한국 미술계에서도 그 유래를 찾아볼 수 없다."

"그 과학자의 실험은 세계에서도 그 유래를 찾아볼 수 없는 역사적인 일이다."

두 예문은 시간이나 공간의 제약이 없고 그 활용측면에서도 비슷한 예를 찾을 수 없는 일이어서 '유례'로 바꾸어 써야 한다. 다음의 예문을 살펴보자.

"백제고분이 나온 부여 쌍북리는 두 마리의 학이 백마강을 내려다본다는 유래에서 지명을 찾을 수 있다."

"단오날의 유래는 여인이 창포에 머리를 감는다는 유래에서 그 의미를 찾아야 한다."

시간과 공간의 제약이 있기에 이는 '유래'가 맞다. 어떤 사안이 그러한 전례를 찾아볼 수 없을 만큼 새로운 일이 발생했을 때에 시간과 공간의 제약을 받지 않은 때는 '유례'이다. 반면 어떤 사물이나 일이 생겨난 바를 따질 때는 '유래'라고 해야 한다.

제3장

농촌과 음식

"지난날 겨울밤 소리는 참으로 정겨워이. 누비이불 접는 소리, 맹인의 단소리, 찹쌀떡과 메밀묵 사려, 베갯머리 송사, 야경꾼의 딱딱이, 간장, 고추장 그 맛이란……!"

새봄에는 화를 내지 말자!

글을 쓰는 시인이나 작가들은 춘하추동을 말할 때, '아름다운 사계(四季)'를 작품 속에서 다양하게 표현을 한다. 오묘하고 찬연한 '봄'이란 말 속에 자연에 대한 경의의 의미가 있고 불교 사천대왕(四天大王)의 뜻과도 맥락을 같이 한다.

우리말 '봄'은 의미상 다른 뜻이 있다. 봄은 따뜻한 온기가 다가옴을 뜻하는 불(火)+올(來)에서 그 어원을 찾기도 하지만, 그보다는 약동하는 자연 현상을 단순히 '본다'라는 견(見)의 관점에서 바라보아야 한다.

따뜻한 봄 햇살을 받아 초목에 새로운 생명의 씨앗이 움트는 그 경이로움을 인간의 눈으로 직접 본다는 뜻이다. 그래서 우리는 약동하는 '새봄'이라고 한다. 새여름, 새가을, 새겨울이라 하지 않고 오직 봄만을 새봄(新春)이라 부르는 이유가 여기에 있는 것이다.

불교의 사천대왕(四天大王)에서 봄은 지국천왕(持國天王)이다. 수미산(須彌山)의 동방에서 수호하는 신(神)으로 만물이 소생하고 동쪽에서 해가 뜨듯 인생과 만물의 시작을 뜻한다. 새봄에 화를 내면 간이 썩는다고 한다. 일상에서 치미는 화는 잠시 접고 화기애애하게 허허로이 웃을 지어다.

> 춘삼월 호시절에/ 웬 춘설인가?/ 흩날리는 눈송이를 시나브로 바라보니/ 옛님이 절로 생각나/ 보문산에 올라/ 한밭벌을 내려다보니/ 예가 천국인가 하노라!
>
> — 자작시 「보문산 춘삼월」 중에서

여름과 가을

한참 노동을 하는 여름은 열매를 맺는 계절이다. 옛 문헌에는 여름(實)과 녀름(夏)을 따로 구분하여 기록하고 있으나 이는 한 뿌리에서 나온 말이 의미 분화를 일으킨 결과이다. 실하(實夏)는 열매가 열리는 것에 대한 보람(結實)과 대자연의 순리에 따른, 결실의 내면을 열어 보이는(開) 일이다. 몸을 연다는 것, 즉 옷을 벗고 나를 드러내 보이며 창이나 방문을 활짝 열어 보이는 시기이다.

여름철 더워 옷을 벗는 것도 이러한 맥락에서 찾아야 한다. 오곡백과가 강렬한 햇볕을 받아 가장 왕성한 생명력을 구가하는 여름 한철, 사람으로 비긴다면 혈기방장한 20~30대의 청년기이다. 그래서 여름을 광목천왕(廣目天王)이라고 한다. 푸른 신록만큼이나 넉넉하게 익는 열매를 향해 넓고 깊게 바라보고 생각하라는 뜻이 담겨져 있다.

가을은 소슬한 바람결에 책을 가까이 할 수 있는 독서의 계절이다. 여름이 결실을 맺는 계절이라면, 가을은 여름 내내 준비했던 결실을 거둬들이는 계절이다. 가을이란 말은 '가슬한다', '가실한다'라고도 부르며, 즉 '추수(秋收)' 한다는 뜻이다. 문헌에는 가을을 증장천왕(增長天王)이라고 한다. 자타(自他)가 덕행(德行)을 증장시킨다는 의미이다. 잘 익은 곡식을 늘려 수확하고 다가오는 겨울을 준비하라는 뜻이다.

아침저녁으로 부는 가을의 선선한 바람결에 책과 만나 넓은 덕행을 늘려 다가오는 하얀 겨울을 맞이하자!

겨울은?

겨울은 겨시다에서 유래했다. 가슬이 가을로 굳어진 것처럼 겨울도 겨슬(혹은 겨실)에서 그 어원을 찾아야 한다. 누가 어느 곳에 '있다'는 말을 높여 겨시다(계시다)라고 한다.

여기서 '겨'가 존재(居·在)를 나타낸다. 따라서 늘 집에 계시는 여성을 일러 우리는 낮은 말로 겨집(계집)이라고 한다. 날씨가 추워지기 전 벌판에서 여문 곡식을 곳간 속에 갈무리해 두고 겨울 한철은 집에서 편안히 쉰다는 뜻으로 '겨울'이라고 말한다.

불교에서는 다문천왕(多聞天王)이라고 한다. 계절별로 겨울을 뜻하며 내년 새봄의 농사를 위하여 편안히 쉬면서 많이 듣고 배우라는 뜻이다.

인생에 있어서도 자연의 오묘한 봄과 여름, 가을, 겨울이 스친다. 새봄 같은 약동과 여름의 풍요, 가을의 결실, 겨울의 참선이 수시로 찾아오고 나간다. 그러나 봄날과 같은 따뜻한 시절이라고 해서 자만할 일도 아니다. 또 명예와 재물이 넉넉한 여름이라 해서 역시 오만할 필요가 없다.

아울러 많은 양의 정신적 물질적 소기의 성과를 거두었다 해도 배불러 해서는 안 된다. 대저 넓고 깊은 사색의 산실에서 되돌아보고 나아가며 봄을 기다리는 겸손이 있어야 한다. 그래서 지구상에서 가장 오래되고 완벽한 저술이라고 말하는 '성경'에서도 이렇게 말하지 않았던가!

"번성할 때를 유의하라 ……!"

사시미를 생선회로

‘사시미(刺身)’와 ‘스키야키(鋤燒)’는 이미 ‘국어 순화 자료집’에서 각각 ‘생선회’와 ‘일본전골(찌개)’로 순화한 용어만 쓰도록 권장하고 있다. ‘생선회’는 누구나 쉽게 알 수 있는 말이다.

‘왜전골’은 ‘스키야키’가 전골의 일종으로 일본 특유의 것이므로 앞에 ‘왜-’를 붙인 것이다. ‘왜-’는 ‘일본식’이라는 뜻을 나타내는 말로 ‘왜된장, 왜간장’처럼 흔히 쓰이는 말이다. 이 말은 낮추는 의미가 있어 ‘일본’이라는 말로 대체할 수 있도록 한 것이다.

‘지리’는 ‘汁’가 변한 말로 ‘국어 순화 용어 자료집’에서 ‘싱건탕’으로 순화하였다.

흔히 ‘복지리(鰒)’라는 말을 많이 쓰는데, 이는 ‘복국’이나 ‘복 싱건탕’이라고 하면 된다. ‘싱건탕’은 ‘싱거운 탕’이라는 뜻으로 ‘매운탕’과 짝을 이루고 ‘싱거운 김치’를 뜻하는 ‘싱건김치’와 같은 말에서 그러한 조어법을 찾을 수 있다.

이러한 순화어를 적극적으로 사용·보급하여 무심코 사용하는 일본어를 경계하고 그 남용을 방지해야 한다.

순화어를 적극 활용하여 일본어의 남용 방지에 성공한 사례로는 ‘나무젓가락’과 ‘이쑤시개’를 들 수 있다. 이 말은 10여 년 전 만해도 ‘와리바시’나 ‘요지’로 흔히 쓰이던 것이었으나 꾸준한 국어 순화 노력으로 이제는 거의 정착되어 간다.

“우리말을 모르고 일본을 알려고 해서야 되겠는가?”

수육, 편육, 제육

우리가 식당에 가면 식사가 나오기 전에 간단히 반주를 하자며 수육을 안주로 시킨다. 여기서 '수육'은 삶아 익힌 고기를 뜻하는 한자어 '숙육(熟肉)'에서 변한 말이다. '숙육'의 발음이 불편하다 보니 자연스럽게 'ㄱ'이 탈락하고 '수육'이 됐다.

본디 '수육'이 '숙육'에서 온 말이므로 대부분 돼지고기나 쇠고기 등을 포함한 통칭의 삶은 고기 모두를 뜻하는 것으로 생각하기 쉽다. 그러나 수육은 쇠고기를 말한다. 삶아서 얇게 썰어 접시에 내놓는 이런 형태의 요리는 주로 쇠고기로 하기 때문이다.

또 '갈매기살'은 돼지고기를 말한다. 반면 같은 부위의 쇠고기는 '안창살'이라고 부른다. '수육'은 쇠고기만을 가리키므로 돼지고기는 '돼지고기 수육'이라고 부르는 게 맞는 말이다.

'수육'과 비슷한 것이 있는데 '편육'이 있다. 고기를 삶아 돌덩이 등 무거운 것으로 눌러 기름기와 핏기를 뺀 뒤 얇게 저며 썬 것이 '편육(片肉)'이다. 결혼식 피로연 등에서 나오는 '돼지머리 편육'이 대표적이다.

차라리 돼지고기 삶은 고기는 '수육'이란 말보다 '편육'이 잘 어울리는 말이다. 물론 쇠고기도 편육은 있다. '제육'은 돼지고기를 뜻하는 한자어 '저육'이 변한 말이다. 이를 가지고 요리한 것이 '제육볶음'이다.

따라서 '수육'은 쇠고기를 재료로 한 것이고, '편육'은 돼지고기로 만든 것이다. 제육은 돼지고기를 뜻하며 제육볶음이 대표적인 요리이다.

남은밥과 강소주

식당에서 흔히 하는 말이 '하꼬비'와 '짬빱'이다. 하꼬비는 일본말로 물건을 나르는 사람을 자칭하는 것이다. 우리말은 나름이, 나르는이, 운송원이다. 군대에서 사용하는 말 중에도 '잔빵, 짬빱'이 있다. 잔빵은 일본말 잔반을 우리말처럼 사용하면서 된소리를 낸 것인데 우리말로는 '대궁밥, 남은밥, 밥찌게'이다.

극장, 영화관, 공연장 따위 문간에서 입장권 초대권 같은 것을 받는 사람을 아직도 '기도'라고 부르는 경우가 있다. 기도는 일본말로 한자 목호(木戸)를 사용한다. 우리말은 문지기, 집표원, 수표원이다. 가요계에서는 아직도 '노래취입'이라는 말을 쓴다. 일본말 후레이레를 그대로 쓰는 것인데 우리말로는 노래녹음이다.

'깡소주'는 가벼운 주머니에 깡다구(깡)를 안주삼아 쓸쓸히 마시는 소주이다. 어떤 이는 비싼 안주 대신 '새우깡'을 놓고 마시는 소주가 깡소주라고 한다. '깡소주'는 '강소주'가 강하게 표현된 말이다. 그냥 안주 없이 마시는 술이 '강술'이고, 안주 없이 마시는 소주가 '강소주'다. 국과 찬이 없이 맨밥으로 먹는 밥이 '강밥'이듯 말이다.

접두사 '강-'은 강추위, 강더위 등에서 '호된, 심한'의 뜻으로 사용된다. 강울음, 강호령 등에서는 '억지스러운'의 뜻으로 쓰인다. 강기침, 강서리 등에서는 '마른, 물기가 없는'의 뜻으로 쓰인다.

시중에 판매되는 '새우깡' '감자깡' '고구마깡' 등의 '-깡'은 처음 나온 제품명을 따라 하다 보니 그렇게 된 것이지 특별한 의미는 없다.

국물도 없는 민족?

호남벌 전주(全州)는 음식의 고향이다. 전주 비빔밥으로 우리에게 널리 알려져 있지만 여기에 콩나물 해장국이 있다. 지난밤 마신 술독을 풀거나 쓸쓸한 속을 달래는 데는 이만한 효자음식도 없다. 우리가 해장국집에 가면 손님들이 이렇게 말한다.

"아주머니 여기 '멀국' 좀 더 주세요!"

이와 비슷한 말로 '말국'이란 말도 종종 쓰인다. 그러나 '멀국', '말국'은 표준어가 아니다. '국물'이라고 해야 맞다. '멀국'은 전라도나 충청지역에서 쓰는 방언(사투리)이고, '말국'은 경기, 충북, 경남 지역의 방언이다.

음식물의 '국물'은 '국, 찌개 따위의 음식에서 건더기'(대부분의 사람이 '건데기'라고 많이 쓰는데 바른말이 아니다.)를 제외한 '물'을 일컫는다. 그런데 국에 들어간 고춧가루나 된장, 고추장, 마늘, 생강 다진 것 등을 '건더기'라고는 않는다. 그러므로 '국물'은 건더기가 우러난 물에 온갖 양념이 풀어진 것을 말한다.

'멀국', '말국'은 국물과 같은 뜻으로 해석되지만 약간 다른 느낌을 주는 말이다. 콩나물국이나 설렁탕, 곰탕의 국물처럼 양념이 들어가지 않고 우러난 맑은 것을 말한다. '멀-', '말-'이 '멀겋다', '말갛

다' 에서 온 것으로 보아 '멀국', '말국' 은 '멀건 국', '말간 국' 이라고
보아야 할 것 같다.

영국의 역사 다큐멘터리 작가 '존 맨' 은 말했다.

"대한민국의 한글을 모든 언어가 꿈꾸는 최고의 알파벳이다!"

전 세계적으로 한글만큼 체계적이며 과학적인 언어는 없다고 한다.
이런 훌륭한 한국어를 모르고, 어찌 대~한민국을 외칠 수 있을까?

해콩, 햇과일, 햅쌀…

우리가 사용하는 말 중에 그 해에 난 사물을 말할 때 주로 접두사 '해-/ 햇-'을 붙인다. '해암탉, 해콩, 해팥/ 햇감자, 햇과일, 햇김, 햇나물, 햇밤, 햇벼, 햇병아리, 햇보리, 햇비둘기' 등이 그의 한 예이다.

해-/ 햇-은 다음에 오는 말이 모음으로 시작하거나 첫 자음이 된소리나 거센소리이면 '해-'를 사용하고, 그렇지 않으면 '햇-'을 사용한다. 그렇다면 그 해에 새로 난 쌀을 가리키는 말은 무엇일까?

원래 쌀은 ㅆ이 단어의 첫머리에 오기 때문에 해쌀로 사용해야 하나 쌀에는 ㅂ을 첨가해 '햅쌀'을 바른 표기로 삼고 있다.

그 이유는 쌀이 훈민정음이 만들어진 시기는 단어의 첫머리에 ㅂ소리를 가지고 있는 ㅄ이었다. 쌀의 어두에 ㅂ소리가 있는 것은 송나라 때 '손목'이란 사람이 『계림유사』에서 쌀을 보살(菩薩)로 표기한 것에서 알 수 있다. 그러므로 해ㅄ에서 ㅂ이 해의 받침소리로 나는 것이다. '찹쌀(차+쌀), 멥쌀(메+쌀), 좁쌀(조+쌀)' 등이 그 예이다.

그러면 그 해에 새로 난 포도나 포도주는 어떻게 불러야 할까? 앞의 말대로라면 '해포도, 해포도주'라고 사용해야 한다. 그런데 그렇게 사용하는 사람은 거의 없다. 대부분이 햇포도, 햇포도주라고 사용하고 있다.

그러면 새로 태어난 사람은 뭐라고 표현할까? 해사람, 햇사람, 햅사람? 아니다. 인간이란 명사는 그저 사람, 생명일 뿐이다. 해와 햇, 햅은 주로 곡식 같은 사물에만 사용한다.

젓인지, 젖인지 ……?

언제이던가? 신문의 머리글에 이런 기사가 실려 있어 화제가 된 적이 있다.

"바닷가에서 장군 5명 익사"

이 제목으로 봐서는 군대의 장군 5명이 물에 동시에 빠져 죽었다는 기사이다. 그러니 우리나라 국방부가 발칵 뒤집혔다. 별들(장군)의 조직에 비상이 걸린 것이다. 그런데 사실은 서해안 바닷가에서 조개를 잡아 시장에다 내다 파는 장꾼 아낙 5명이 물이 들어오는 줄을 모르고 정신없이 조개를 잡다가 결국 바닷물에 빠져 죽은 것이다. 이 기사는 이렇게 써야 맞다.

"조개잡이 장꾼 아낙 5명 바닷물에 익사"

여기에서의 군대의 장군은 그냥 '군'이고 장꾼은 '꾼'이 되어야 한다. '-군'을 '-꾼'으로, '-대기'를 '-때기'로, '-갈'을 '-깔'로 하는 것처럼 말이다.

또 혼동이 잘되는 말 중에 하나가 젓과 젖이다. 그런데 자세히 살펴보면 앞의 젓은 바다에서 나는 젓갈의 '젓'이고 뒤의 것은 엄마가 아이에게 주는 '젖'이다.

'젓갈'은 두 가지 뜻이 있다. 하나는 음식을 집는 '젓갈'의 '젓갈' '젓가락'에서 '가락'의 준말이 '젓갈'이라는 말이다. 그리고 음식 '젓깔'의 '-깔'은 '-갈'로 적으면 안 되므로 '대깔, 맛깔'처럼 소리대로 젓깔로 적어야 한다. 때깔(드러난 맵시), 맛깔, 빗깔, 색깔, 성깔, 태깔들도 이렇게 깔로 써야 한다.

이처럼 글자 한 자 차이로 천당과 지옥을 오가는 일이 생길 수 있다. 그래서 우리는 오늘도 '한국어 사랑'에 함께 하는 것이다.

총각김치는 총각으로 담나?

텔레비전에서 난센스 퀴즈 중에 아나운서가 출연자에게 묻는다.

"무김치는 무로 담그고, 배추김치는 배추로 담그는데, 총각김치는 무얼로 담그나요?"
"총각김치는 총각으로 담가요!"
"예엣······?"

가을철 식탁에 오르는 맛있는 김치 중에 하나가 총각김치이다. 그런데 의문이 하나 있다. 다른 김치는 재료에 따라 적절한 이름이 붙는데 유독 총각김치에는 왜 '총각'이라는 이름이 붙었을까? 그럼 평등하게 처녀김치도 있어야 하지 않는가? 총각김치는 손가락 굵기만한 어린 무를 잎과 줄기째 양념에 버무려 담근다. 이때의 어린 무를 '총각(總角)무' 또는 '알무', '알타리무'라고 한다. 1988년에 개정된 표준어 규정은 '알무', '알타리무'를 폐기 '총각무'로 사용하도록 개정했다.

옛날 중국과 우리나라에서는 머리를 양쪽으로 갈라 뿔 모양으로 동여맨 것을 '총각(總角)'이라 했고 이런 머리를 한 사람을 '총각'이라 불렀다. 총(總)은 '모두'라는 뜻으로 많이 사용한다. 과거엔 '꿰맬 총', '상투 짤 총'이었으며, 각(角)은 뿔이다. 한 줌 크기로 모아 잡아맨 미역을 '꼭지미역' 또는 '총각미역'이라 하는 걸 보면 이렇게 동여맨 머리를 '총각'이라고 한 것 같다. 어린 무가 '총각'의 머리 모양을 닮아 '총각무'이고, '총각김치'라는 설명이다.

그러나 어린 무 모양이 남성의 머리와 닮았다고 총각무라고 하는 건 어색하다. 여인들이 '총각김치'를 담그며 그런 이름을 주고받거나, 여인들이 김치를 담갔기에 '총각김치'만 있고 '처녀김치'가 없다는 말도 있다.

갯벌보다 '개펄'이 더 적합

전북 부안의 새만금간척사업 물막이 공사가 마무리 되었다. 대한민국의 지도를 바꿔 놓을 만한 새만금의 대단위 물막이 공사로 인하여 그간 환경단체와 지역주민, 종교단체 등이 환경을 살려야 한다며 반대를 했고, 정부는 강행으로 맞서며 많은 어려움이 있었다.

이 물막이 공사의 중요한 쟁점으로 떠오른 핵심이 바로 개펄(갯벌)이다. '개'와 '포'의 단어는 거의 홀로는 사용하지 않는다. '개펄'은 바닷가나 강가의 개흙이나 땅을 말하며, 갯가의 개흙과 그 벌판을 통칭한다. '갯벌'은 바닷물이 드나드는 모래톱을 말하며, 갯가의 개흙과 그 벌판을 말한다.

개펄은 ◁갯가의 개흙(우리말 큰사전) ◁개흙이 깔린 번번한 벌(조선말 대사전) ◁갯가의 개흙이 깔린 벌판(표준국어대사전, 한국어사전)이라고 설명한다.

갯벌은 ◁갯가의 넓은 땅(우리말큰사전) ◁밀물과 썰물이 드나드는 모래톱(한글어사전) ◁바닷물이 드나드는 모래톱 또는 그 주변의 넓은 땅(표준국어대사전)이다.

이를 볼 때 갯가의 검고 고운 개흙으로 된 땅은 갯벌보다 '개펄'이 더 적합하다. '펄'은 '개펄'의 준말이다. 개펄은 진흙이나 벌의 거센

말이나 결국 '개펄'은 흙도 되고, 개흙이 깔린 넓은 벌도 되는 셈이다. '진펄(습지)'도 이와 비슷한 말이다.

개펄에 말뚝을 박다, 개펄에서 조개를 캐고 낙지를 잡다, 개펄이 죽어간다, 개펄에서 뒹굴다, 개펄 살리기, 개펄에 사는 것, 드넓은 개펄에 갯물이 든다 등의 말이 있다.

'왕겨'는 순수 우리말

사대주의(事大主義)가 이렇게 무서운 것인가? 한국어 공부를 하면서 새삼 느끼는 바이다. 우리나라에서 '왕' 자가 들어가면 무조건 한자의 왕(王)자를 갖다 붙여준다. 마치 위대한 중국의 왕(王)이나 된 듯 말이다. 오죽해야 우리말의 '왕겨'는 벼의 겉겨를 말하는데 우리말 사전을 찾아보면 '왕겨(王-)'라고 버젓이 자랑스럽게 적고 있다. 한자에 얽매인 사대주의의 우스운 사례이다.

『표준국어대사전』(1999)에 '王가물, 王감, 王갓, 王개구리…' 등 여러 개가 올라와 있다. 그것은 왕(王)에 '몸피가 큰 것'이란 뜻이 있으니까 그렇다고 하자. 그러나 이 말이 꼭 맞는 것은 아니다.

일본은 한자를 꼭 사용해야 한다. 중국의 왕사(王蛇)를 우리는 왕(王)뱀이라고 하는데, 중국말 왕롄(王蓮)을 일본에서는 '오오오니바스'라고 한다. 왕(王)을 대(大)로 하는 것이다.

중국에서는 큰다랑어를 '왕웨이'라고 하지만 그것은 중국의 사정. 우리는 왕(王)다랑어라 하지 않는다. 어쭙잖은 한자 때문에 아까운 우리말이 많이 없어졌지만, 그래도 우리에게는 한자 없이도 무슨 소리든 사용할 수 있는 우수한 한글이 있다.

크고 시끄럽게 떠들면 '왕왕거린다' 하고, 정도가 크면 '왕창' 크다 하고, 차이가 엄청나게 크면 '왕청'이 되고 '왕청' 뜨다라고 하며, 왕벌(말벌)의 왕과 말은 크다는 뜻이므로 왕창 따돌림을 당하면 '왕따

당했다' 고 한다.

본디 한자말 왕(王)은 임금, 제후, 우두머리라는 의미이다. 그러나 왕창 크다는 뜻의 우리말은 왕과는 말이 다르다. 왕가물, 왕감, 왕갓, 왕개구리 등이 있다. 순수한 우리말 '왕겨'를 '왕(王)'이라고 할 만큼 우매한 민족은 되지 말자.

왜갓과 사랑새

때는 바야흐로 약동의 3월이다. 뫼와 들에 각종 푸르른 푸성귀 내음이 가득한 달이다. 종달새 우짖고 진달래와 영산홍이 흐드러지게 피는 꽃내음의 달이다. 요즘 시골 장터에 가면 채소전에서 아줌마들이 이렇게 외치는 소리를 종종 들을 수 있다.

"요것이 싱싱헌 무공해로 키운 하루나여유. 어서들 들여가유!"

여기에서 '하루나'는 일본말이다. 한자로는 '춘채(春菜)'이다. 이것을 순 우리말로는 '왜갓(식물·가랏)'이라고 불러야 맞다. 또 시장 건어물전으로 가보면 아저씨들이 외친다.

"이 멸치로 다시를 우려내면 국물맛이 최고여유!"

이곳에도 역시 일본말이 깊게 침투한 흔적이 있다. '다시'는 일본말이다. 한자로는 '출(出)'이라고 하고 우리말은 '맛국물'이다.

밭에서 나는 수수와 팥을 써서 동그랗게 만든 것을 '당고'라고 말한다. 여기에서 '당고'도 일본말이다. 한자로는 '단자(團子)'라고 한다. 우리말로는 '경단'이다. 어린이의 돌잔치에 많이 사용하는 우리 고유의 잔치음식이다.

3월은 꽃내음의 달이다. 흰빛과 보랏빛 꽃이 흐드러지게 피면서 짙은 향기를 잔잔히 내뿜는 꽃을 우리는 보통 '라일락'이라고 한다. 노래나 시, 심지어 담배 이름에도 라일락이라는 용어를 사용한다. 라일락은 영어의 Lilac을 그대로 사용한 것이다. 한때는 중국식 이름인 자정향(紫丁香)이라고도 불렀다. 우리말 이름은 '수수꽃다리'이다.

집에서 애지중지 기르는 잉꼬라는 새가 있다. 잉꼬라는 새 이름은 중국식 이름인 앵가(鸚哥)를 일본사람들이 '잉꼬'라고 발음하여 우리나라에 상륙하였다. 순 우리말 이름은 '사랑새'이다. 부부가 사이가 좋을 때 표현하기도 한다.

바지락과 붕장어

고향이 충남 서천 바닷가이다 보니 어려서부터 해산물을 많이 접했다. 특히 그 가운데 바지락은 늘 밥상에 오르는 단골 수산식이었다. 그런데 어려서부터 어른들은 '바지락'을 '반지락'이라고 불렀다.

그러나 성장하여 국어공부를 하면서 반지락이 아닌 '바지락'이 표준어임을 알았다. 그러나 서천지방에서는 바지락이란 발음보다 반지락이란 이름이 부르기 편하여 지금도 반지락이라고 부른다.

근래 서천에서는 '바지락 칼국수'가 유행을 한다. 파와 마늘 등의 양념과 바지락을 듬뿍 넣고 면발이 굵은 칼국수를 넣어 푹 끓인 바지락 칼국수는 그 맛이 개운하고 시원하여 일품이다.

바지락을 일명 '개발'이라고 하며, 백합과의 조개로 맛이 좋아 인기가 있으며 양식을 하기도 한다. 한국과 일본, 사할린 등지에서 주로 서식·분포한다. 바지락은 파와 무 등과 함께 시원한 국을 끓여도 좋고, 된장찌개에 넣어도 맛이 좋다.

또 횟집에 가면 흔히 보는 '아나고'가 있다. 이는 일본말이며 순 우리말로는 '붕장어', '바닷장어'라고 한다. 이 물고기는 몸의 길이가 90㎝ 내외이며 몸이 넓적하다. 뱀장어와 비슷하나 입이 크고 이빨이 날카롭다.

그리고 남쪽지방에서 포획되어 식탁에 오르는 '간제미'는 전남지방의 방언이다. 우리말로는 '노랑가오리'가 표준어이다. 노랑가오리는 색가오릿과의 바닷물고기로, 몸 길이는 1m 정도이고 위 아래로 매우 납작하며 오각형이다.

누룽지와 눌은밥

어렸을 적 추운 겨울날 외가에 가면 외할머니는 사랑채 무쇠솥에서 밥을 푼 다음 소나무 껍데기처럼 거친 손에 쥔 놋숟가락으로 긁은 누룽지를 한 움큼 내놓았다.

"어여 먹어라, 내 새끼들 어여 먹어!"

그러면 툇마루에 걸터앉아 뒷곁 대나무숲의 사운대는 소리를 들으며 바싹바싹 부숴 먹는 맛이란 고소하기 그지 없었다.

요즘엔 전기밥통으로 밥을 하니까 솥바닥에 밥 탈 염려가 없다. 식당에 가면 타지 않은 허옇고 말간 누룽지를 내놓을 뿐이다. 더러 중국에서 수입한 누룽지를 내놓는다. 밥이 나오기 전에 동료 간에 구수한 누룽지를 먹으며 구수한 대화를 나누는 재미는 나름대로의 낭만이 있다.

또 식사 후에는 눌은밥과 함께 한국식 후식인 구수한 숭늉이 나온다. 추운 겨울날 후룩후룩 눌은밥을 먹고 구수한 숭늉을 마시는 맛이란, 식당 아주머니의 따스한 인정이 다가오는 순간이다. 여기에서 대부분 눌은밥을 누룽지와 혼동한다.

"아주머니, 여기 누룽지 주세요."

누룽지는 솥에 눌러 붙어 굳은 밥이다. 그리고 눌은밥은 솥바닥에 눌어 붙은 밥에 물을 부어 긁어 푼 것이다. 또는 눌은밥을 잘못 알고 누른밥, 누린밥으로 부르는 사람도 있다.

"외할머니 손등에 감긴/ 까아만 누룽지는/ 어느새 내 입에 감기고/ 대숲에 이는 초겨울 찬바람/ 잔 눈발 눈이 시리도록 내리는 날/ 오, 고요로운 외할머니댁이여!"

— 자작시 「외할머니 댁」 중에서

'껍질'과 '껍데기'

나의 문학청년시절은 굽 높은 구두에 장발, 분홍색 스카프에 청바지를 입던 시절이었다. 통기타 하나 어깨에 둘러매고 여름날 고향에서 가까운 대천해수욕장에 자주 놀러 다녔다. 이곳에서 소리쳐 불렀던 노래 중에 하나는 '조개 껍질 묶어'라는 노래였다. 젊은 날 바다에 태평양만큼이나 많이 흘려보낸 추억의 노래였다.

"조개 껍질 묶어~ 그녀의 목에 걸고~ 룰루라라/ 불가에 마주 앉아~ 밤새 속삭이네~ 룰루라라 (중략)"

그 당시 흥겹게 추억에 어리도록 부른 노랫말이 이제와 생각하니 틀린 어법이라니? 아이러니 할 수밖에 없다. 이 노랫말 도입부의 '껍질'은 껍데기로 불러야 한다. '껍질'은 양파와 귤, 사과 등의 겉을 싸고 있는 층(켜)이고, '껍데기'는 달걀, 조개 등의 겉을 싸고 있는 단단한 물질이다. 그렇다면 어법에 맞도록 노랫말을 이렇게 부를까?

"조개 껍데기(?) 묶어, 그녀의 목에 걸고~ (중략)"

노래흥행을 최고의 목표로 삼는 노랫말 작사가 입장에서 보면 이럴 것이다.

"누구 노래 버릴려고 작정했시유?"

　노랫말이니 그려려니 하자. 이 유명한 노랫말 덕분에 많은 사람들
이 '조개 껍데기' 보다 '조개 껍질' 이라고 하고, 달걀 껍데기, 귤 껍데
기를 쉽게 달걀 껍질, 귤 껍질' 로 덩달아 부르고 있다.

　제주도에서 좁쌀 가루로 만든 떡이 '오메기떡' 이다. 좀 오므라들게
만들어 온 떡말이란 뜻이다. 조껍질로 만든 술도 덩달아 '오메기술' 이
다. 언제부턴가 조를 갈아 만든 술은 '조껍데기술' 이다. 예전엔 조껍
질로 만들어서 '조껍질술' 이었지만, 요즘은 알갱이로 만든다. 그러니
'좁쌀술' 이다. 또 '돼지 껍데기' 도 '돼지 껍질' 이라야 맞다.

전어와 세꼬시

가을철 충남 서천의 서면 홍원항에 가면 '전어잔치'로 해안가는 온통 떠들썩하다. 살이 통통하고 뼈가 무르며 맛이 고소하다는 전어를 먹기 위해서 전국 경향 각지에서 미식가들이 몰려들기 때문이다. 집 나갔던 며느리도 이 맛을 못 잊어 돌아온다는 전어이다. 전어는 항암 작용을 하는 DHA와 EPA가 풍부하며 암세포 수를 줄이고 피를 맑게 하며 동맥경화의 예방효과도 있다고 한다.

전어 창자를 절인 '밤젓'은 겨울철 김장 젓갈과 술안주로도 인기가 좋다. 지난 여름 한국소설가협회 세미나가 전남 진도에서 있었다. 진도의 섬글 소설가가 안내한 식당에서 내놓은 '밤젓'의 맛을 생각하면 지금도 군침이 돈다. 소주 한 잔에 밤젓 한 접시는 지상 최고의 일미였다. 이날 먹은 전어회가 숙취제에 여성 피부미용에도 좋다고 하자, 함께 간 서울의 김 모 여류소설가는 한 잔 술에 꼬부라진 혀로 말한다.

"아줌마 고거, 세꼬시 하나 더 주소, 잉!"

횟집 벽에 써 붙인 '세꼬시는 아삭아삭 씹히는 감칠맛과 거친 맛이 일품'이란 글을 보며 하는 말이다. 대부분 '세꼬시'를 회 이름으로 알고 있다. 그러나 아니다. 일본말 중에 작은 물고기의 머리와 내장을 제거하고 3~5mm의 너비로 뼈를 바르지 않고 뼈째 자르는 생선요리를 '세꼬시'라고 한다.

횟집에 가면 마구로, 사시미, 스시, 와사비 등 회와 관련된 일본말이 있듯 '세꼬시'란 말도 일본어에서 건너왔다. 이 말이 경상도에 처음 머물며 '뼈꼬시'라고도 불리었다. 이 이름은 뼈째 먹으므로 고소하다 해서 붙였다. 이에 적당한 순화용어가 아직 없어 현재는 '뼈째 썰어 먹는 회', '뼈째회'라고 부르는 게 옳다.

아스팔트 농사

우리나라의 농업이 자꾸 어렵다. 농민단체에서는 국회의사당 앞으로, 과천 정부종합청사 앞으로 몰려다니며 길거리에서 고생들이다. 흔히 말하는 '아스팔트 농사'를 짓느라 정부와 농민단체 등이 거세게 부딪치는 모습이 가슴 아프다.

본디 농사(農事)란 모름지기 농민이 봄에 씨앗을 땅에 뿌려 여름내내 열심히 땀 흘려 가꾸어 가을에 결실을 거두는 일련의 과정을 말한다. 천지만물 간에 가장 신성하고 위대하며 정직한 노동의 현장이 바로 농사이다.

그런데 이 농사가 근래에 와서는 덩달아 거품풍작을 거두고 있다. 국회농사, 정치농사, 교실농사, 자식농사, 무역농사, 주식농사, 학문농사, 언론농사, 바다농사, 사이버농사 등이다.

농사란 순수한 '벼농사, 밭농사, 감자농사, 과수농사, 산림농사, 하우스농사' 등과 같이 하늘의 햇빛과 비와 농부의 정직한 땀이 함께 어우러진 노동 끝에 풍성한 가을의 결실을 거두는 농사만이 진정한 농사이다.

파도처럼 밀려드는 외국의 농산물과 국제무역협정 등이 난공불락을 이루어 산너머 산으로 어려움의 끝이 보이지 않는 것이 작금의 우리나라의 농업현실이다.

도회지의 라면 몇 상자 값밖에 안 되는 쌀가마니를 지게에 힘겹게

지고 일어서는 우리의 농투산, 앞이 보이지 않는 농업이 하늘이 내린
천직이거니 하고 힘겹게 논의 물꼬를 보는 우리의 농민들. 진실하고
신성하기 짝이 없는 우리의 농사 앞에 이를 알 리 없는 넥타이 부대들
이여! 근본 없는 'ㅇㅇ농사'로 오염을 시키지 말라!

사스의 특효약 김치소

우리나라의 김치가 한류열풍을 따라 동남아 일대에 널리 퍼져 잘 팔린다고 한다. 예년에 중국에서는 김치가 사스 예방에 효과가 있는 것으로 알려져 선풍적 인기를 끌었다고 한다. 베이징의 한국 음식점을 찾는 중국인들이 부쩍 늘었고, 백화점 등에서 김치를 사재기하는 일도 있었다고 한다.

어느 해 일본에 갔다. '겨울연가'의 '욘사마' 선풍과 함께 한국의 김치가 일본 주부들 손에서 떨어지지 않았다고 했다. 불과 수십 년 전 한국인이 일본의 도쿄나 오사카 등 대도시에서 집이나 방을 얻으려면 김치냄새가 난다고 얼씬도 못하게 하던 때가 있었으니 격세지감을 느끼지 않을 수 없다.

김치 속에 넣는 알토라진 이 재료를 대부분 '김칫속'으로 알고 있다. 가을 김장철이 되면 주부들이 이웃집으로 이른바 '김치소' 품앗이를 다니고 있다. 김치속으로 알고 있는 이 재료는 '김치소'가 바른 표현이다. 통김치나 오이소박이 등의 속에 넣는 여러 가지 재료(고명)도 마찬가지로 순수한 우리말인 '소'라고 해야 맞다.

또한 명절에 집에서 빚는 송편이나 만두 등의 속에도 소를 넣는다. 고기와 두부, 야채를 넣으면 '만두소'이다. 팥과 콩, 대추, 밤 등의 재료를 넣으면 '송편소'이다.

언제인가 동남아 일대에서 발생한 사스가 우리 한국에는 피해가 없었다. 김치소에 포함된 마늘이 항균과 항암 작용을 하고, 감기에 걸리면 생강을 달여 마시던 민간요법 덕분이었을 것이다. 김치소가 발효하면서 상승작용을 일으켜 면역력을 높여준 것이다.

짜장면 우리말 속으로

우리가 일상 속에서 흔히 사용하는 말이다.

'짜장면', '개발새발', '복숭아뼈', '맨날', '허접쓰레기'

그러나 위 글들은 비표준어로서 그간 틀린 말로 간주하였으나 이제는 우리말 속으로 들어와 자리를 잡게 되었다.

짜장면 · 자장면/ 개발새발 · 괴발개발/ 복숭아뼈 · 복사뼈/ 맨날 · 만날/ 허접쓰레기 · 허섭쓰레기

모두 표준어로 사용할 수 있게 되었다. 앞으로는 이렇게 규범과 실제 언어 사용의 차이로 인한 언어생활의 불편이 상당히 해소될 것 같다.

2011년 8월 31일 국립국어원은 국민들이 실생활에서 많이 사용하고 있으나 그동안 표준어로 인정되지 않았던 '짜장면, 먹거리' 등 39개를 표준어로 인정하고 인터넷으로 제공되는 『표준국어대사전』(stdweb2.korean.go.kr)에 반영했다.

추가된 표준어	현재 표준어
택견	태껸
품새	품세
짜장면	자장면

* 위의 두 가지 표기를 모두 표준어로 인정한 경우이다.

'간지럽히다', '간질이다' 같은 표준어

2011년 국립국어원은 그동안 '간지럽히다'는 비표준어로서 '간질이다'로 써야 했는데 앞으로는 '간지럽히다'도 '간질이다'와 뜻이 같은 표준어로 사용하도록 했다.

이처럼 복수 표준어를 인정하는 것은 1988년에 제정된 「표준어 규정」에서 이미 허용된 원칙을 따르는 것이다. 이미 써오던 것('간질이다')과 추가로 인정된 것('간지럽히다')을 모두 교과서나 공문서에 쓸 수 있도록 했다. 따라서 새로운 표준어를 익히는 불편을 겪을 필요 없이 이전에 쓰던 것을 계속 사용해도 된다.

그동안 '눈꼬리'는 '눈초리'로 써야 했으나, '눈꼬리'와 '눈초리'는 쓰임이 다르기 때문에 '눈꼬리'를 별도의 표준어로 인정한 것이다.

추가된 표준어	현재 표준어	뜻 차이
~길래	~기에	**~길래**: '~기에'의 구어적 표현.
개발새발	괴발개발	**'괴발개발'**은 '고양이의 발과 개의 발'이라는 뜻이고, **'개발새발'**은 '개의 발과 새의 발'이라는 뜻임.
나래	날개	**'나래'**는 '날개'의 문학적 표현.
내음	냄새	**'내음'**은 향기롭거나 나쁘지 않은 냄새로 제한됨.
눈꼬리	눈초리	**눈초리**: 어떤 대상을 바라볼 때 눈에 나타나는 표정. 예) '매서운 눈초리' **눈꼬리**: 눈의 귀 쪽으로 째진 부분.
떨구다	떨어뜨리다	**'떨구다'**에 '시선을 아래로 향하다'라는 뜻이 있음.
뜨락	뜰	**'뜨락'**에는 추상적 공간을 비유하는 뜻이 있음.
먹거리	먹을거리	**먹거리**: 사람이 살아가기 위하여 먹는 음식을 통틀어 이름.
메꾸다	메우다	**'메꾸다'**에 '무료한 시간을 적당히 또는 그럭저럭 흘러가게 하다'라는 뜻이 있음.
손주	손자(孫子)	**손자**: 아들의 아들. 또는 딸의 아들. **손주**: 손자와 손녀를 아울러 이르는 말.
어리숙하다	어수룩하다	**'어수룩하다'**는 '순박함/순진함'의 뜻이 강한 반면에, '어리숙하다'는 '어리석음'의 뜻이 강함.
연신	연방	**'연신'**이 반복성을 강조한다면, '연방'은 연속성을 강조.
횡하니	휭허케	**휭허케**: '횡하니"의 예스러운 표현.
걸리적거리다	거치적거리다	자음 또는 모음의 차이로 인한 어감 및 뜻 차이 존재.

끄적거리다	끼적거리다	〃
두리뭉실하다	두루뭉술하다	〃
맨숭맨숭/ 맹숭맹숭	맨송맨송	〃
바둥바둥	바동바동	〃
새초롬하다	새치름하다	〃
아웅다웅	아옹다옹	〃
야멸차다	야멸치다	〃
오손도손	오순도순	〃
찌뿌둥하다	찌뿌듯하다	〃
추근거리다	치근거리다	〃

제4장

사회와 우리말

"말을 하는 사람은 한마디 말을 하기 전에 천 마디 말을 제 속에서 먼저 버려야 하고, 글을 쓰는 사람은 한 줄의 글을 쓰기 위해서 백 줄을 제 손으로 우선 깎아버리지 않으면 헛된 현실인 것이다."

— '함석헌' 선생의 「씨올의 소리」중에서

양치질과 양복쟁이

양치질이란 말은 어디서 생겨났을까……? 계림유사에 의하면 이렇다. 고려 때 칫솔은 버들가지로 만들어 사용했다. 그래서 양지(楊枝)한다고 했다. 때문에 칫솔질은 양지질-양주질-양추질-양치질로 발전. 이 양지라는 말은 일본으로 건너가 요지(이쑤시게)라는 말로 쓰였다.

또 내일이란 말은 한자어의 내일(來日)로써 고려 때는 고유한 우리말인 '하재'라는 말이 있었다. 빈대는 고려어로 갈보라고 하는데 지금은 매춘부를 갈보라고 하지만 아직도 일부 지방에서는 빈대를 갈보라고 한다. 젓가락은 절, 흔하다는 흡합다라고 한다. 얼굴은 고려어로 나시라고 부른다.

국어사전은 '-장이'를 '일부 명사 뒤에 붙어 그것과 관련된 기술을 가진 사람'으로, '-쟁이'를 '일부 명사 뒤에 붙어 그것이 나타내는 속성을 많이 가진 사람'으로 풀이한다. 그러나 현실적으로 '-장이'가 '-쟁이'와 뒤섞여 쓰인다.

「표준어 규정」에서는 '기술자에게는 '-장이', 그 외에는 '-쟁이'가 붙는 형태를 표준어로 삼는다'고 규정하고, 기술자(미장이·유기장이)는 장이로, 기술자가 아닌 사람(멋쟁이)은 쟁이로 예시하였다.

'상투쟁이', '심술쟁이', '욕심쟁이', '과자쟁이', '해자쟁이'가 그 예이다. '－장이'가 되는 요건은 '기술자'이므로 '미장이', '유기장이'는 물론, '석공장이'나 '옥장이', '고리장이'가 된다. 마찬가지로 안경을 쓰거나 양복을 입는 사람은 '안경쟁이', '양복쟁이'이지만, 안경이나 양복을 만드는 이는 '안경장이', '양복장이'가 된다.

과속하고 딱지(?)를 뗐다고(?)

21세기는 바야흐로 자동차 춘추전국시대이다. 보통 한 집에 1~2대를 보유하고 있다. 어느 사회학자 말처럼 '식구대로 자동차' 시대이다. 허름한 셋방에 살면서 방세는 못내도 자동차는 소유해야만 현대인 구실을 한다. 이러다보니 교통법규 위반의 일종인 신호위반, 주차위반 등으로 딱지(?)가 수시로 날아든다. 이때 이렇게 말한다.

"에이 젠장할 또 딱지가 날아왔네!"

이때 '딱지를 뗐다'는 표현은 틀린 말이다. 보통 '딱지'란 '빨간 딱지'를 말하는 것이다. 법원에서 압류 물건에 붙이는 표시나 군대의 징집영장, 교통법규 위반자에게 주는 범칙금 쪽지 등이 보통 빨간색으로 표시된다. 그래서 우리는 이를 보고 빨간 딱지라고 부른다.

'떼다'에는 여러 가지 뜻이 있지만 '증서나 문건을 발행하다'는 의미가 있는 것이다. '주민등록등본을 뗐다', '영수증을 뗐다' 등에서 이런 뜻으로 쓰인다. 자신이 어떤 상황에 의해 하는 자발적 행위인 것이다. '초보 딱지를 뗐다', '수습 딱지를 뗐다' 등에서의 '딱지'는 어떤 대상에 대한 평가나 인정을 뜻한다. '떼다'는 '끝내다', '면하다'를 의미하지만 이때의 '떼다' 역시 자신의 의지와 노력으로 이루어지는 것이다.

결국 '떼다'는 스스로의 행위를 말한다. 상대방에 의해 피동적으로 행해지는 경우는 떼다를 사용 않는다. 따라서 '과속으로 딱지를 뗐다'라는 표현은 틀린 말이다. 딱지를 떼는 것은 경찰관이지 자신이 아니기 때문이다. 피동사 형태인 '딱지를 떼였다'라는 표현이 바른 말이다.

삭월세 아니라, 사글세

봄, 봄, 봄은 이사철이다. 이때 동네의 부동산 유리창에 흔히 볼 수 있는 말이 있다. '전셋값, 삭월세 ○칸에 ○○백원' 이라고 써 놓는다. 우리는 이러한 내용의 글자를 대체적으로 무심히 지나친다. 그러나 가만히 확대경으로 들여다보라! 한국어의 오용과 남용이 있다. 우리가 흔히 말하는 값은 물건을 사고파는 물건에 일정하게 매겨진 액수나 치르는 돈을 말한다. 물건을 일정한 장소에 맡겼다가 돌려받는 돈과 사고 판 뒤 받는 값과는 다름을 알아야 한다.

전세(傳貰)는 일정한 금액을 주인에게 임시로 맡기고 집이나 방을 얼마 동안 빌려 쓴 뒤 보증금을 되돌려 받는 것이다. 이런 점에서 값과는 차이가 난다. 돌려받는 돈과 사고파는 돈은 거래의 종료와 시점에 따라 다르기 때문이다. 이럴 때는 전세값이 아니고 전세돈이라는 말이 맞다.

그리고 우리가 흔히 잘 쓰는 삭월세(朔月貰)라는 말도 있다. 집이나 방의 사용료를 매월 주고받는 돈이다. 그러나 이 말도 틀린 표현이다. 이때의 어법은 '사글세' 가 맞는 말이다. 「한글 표준어 규정」에서는 어원에서 멀어진 형태로 굳어져 널리 쓰이는 말은 그것을 표준어로 삼는다고 규정하고 있기 때문이다.

그 예의 하나로 시장의 상치가 본디 어원이지만 우리는 일반적으로 상추로 부른다. 또 강남콩을 강낭콩으로 부른다. 따라서 전세값이 아니라, 전세금과 전셋돈 또는 전세비용이라고 불러야 맞다. 금(金) 같은 값진 한글을 제대로 알고 사용하자.

"한글은 금이요, 로마자는 은이요, 일본 가나는 동이요, 한자는 철이다."

임대와 임차는 윗도리와 아랫도리

우리가 살아가면서 부동산이나 시설물을 매개로 하여 주고받는 일을 임대 또는 임차라고 한다. 이는 일반적인 현대사회에 필요한 경제적 수단이다. 이때 서로 주고받는 행위가 잘못되어 훗날 재판이나 크게 후회할 일이 있기 전에 서로 확실하게 하는 게 좋다.

부동산 거래와 관련해 우리가 많이 사용하는 것이 있다. 이른바 '임대'라는 말이다. 임대(賃貸)는 돈을 받고 자기의 물건을 남에게 빌려주는 사용 또는 수익하게 하는 것을 말한다. 이에 반하여 임차(賃借)는 돈을 내고 남에게 물건을 빌리는 것이다.

예를 들어보자. 박 사장이 어떤 건물을 운영하는데 세입자인 김 사장에게 건물을 빌려주었다. 이는 박 사장 소유의 건물을 김 사장에게 '임대'한 것이다. 이에 반하여 김 사장은 박 사장의 건물에 있는 집기와 시설물을 빌리었다. 이는 분명한 '임차(賃借)'이다. 얼핏 보기에 임대와 임차가 비슷해 보이지만 법정으로 비화하면 문제의 소용돌이에 휩싸인다.

따라서 임대차(賃貸借)는 당사자의 한쪽이 상대방에게 일정한 목적물을 사용하여 수익하게 하고 상대방이 그 대가로 임대료를 지급할 것을 계약하는 것이다. 늘어만 나는 이사철에 혼동(混同, 혼돈: 태초에 하늘과 땅이 나뉘어 있지 않은 카오스의 상태)을 일으켜 손해를 보는 일이 없도록 하자.

임대는 윗도리이고 임차는 아랫도리이다. 윗도리와 아랫도리를 구분 못하여 망신살 뻗치는 일이 없어야지. 아암 그렇구 말구……!

한국어의 맛과 멋

전래의 한국어를 확대경으로 들여다보면 참으로 우리 민족만의 멋과 맛이 곁들여져 있다. 바리는 말이나 소에 잔뜩 실은 짐을 세는 단위를 말한다. 동은 한 덩이로 만든 묶음, 두름은 생선을 10마리씩 두 줄로 20마리를 묶은 것, 벌은 옷, 그릇 따위의 짝을 이룬 한 덩이, 섬은 한 말의 열 갑절의 수효를 말한다.

손은 고기 두 마리를 이르는 말로 흔히 쓰이며, 쌈은 바늘 24개, 금 100냥, 접은 무, 배추, 마늘 따위의 100개를 이르는 말, 제는 탕약 스무 첩의 분량으로 지은 환약이나 고약, 줌은 주먹으로 쥘 만한 분량, 채는 인삼 한 근(대개 750그램)을 일컫는 말이다.

또한 첩은 한약을 지어 약봉지에 싼 뭉치의 단위, 켤레는 신이나 버선 따위의 짝이 되는 둘을 한 벌로 세는 단위, 쾌는 북어 20마리, 타래는 실을 감아 틀어 놓은 분량의 단위, 톳은 김 100장씩을 한 묶음으로 세는 단위이다.

춤은 가늘고 긴 물건의 한 손으로 쥘 분량, 움큼은 손으로 한 줌 움켜쥔 만큼의 분량, 술은 숟가락으로 떠서 헤아릴 만한 분량, 채는 집이나 이부자리를 세는 단위이다.

모태는 떡판에 놓고 한 차례에 칠 만한 떡의 분량, 톨은 밤, 도토리, 마늘 같은 것을 세는 단위, 홰는 닭이 홰를 치며 우는 횟수를 세는 말, 말은 곡식이나 액체 따위 용량의 단위이다.

모는 두부와 묵 따위의 덩이를 세는 단위, 송이는 꽃이나 눈, 열매 따위가 따로 된 한 덩이, 꾸러미는 달걀 10개를 꾸리어 싼 것, 마지기 는 논밭 넓이의 단위이다.

제품설명서의 오류

어느 인터넷 전문조사업체에서 네티즌을 대상으로 설문조사를 했다. 전 국민의 56.2%가 통신언어를 사용하고 있어 표준어 맞춤법에 익숙하지 않다는 응답을 하여 한국어를 연구하는 뜻있는 분들의 우려를 자아내게 하였다.

이처럼 인터넷 통신언어도 문제이지만 사회 저변에 흩어진 각종 제품설명서에도 오류가 많다. 컴퓨터나 자동차, 휴대전화, 가전제품, 약품 등의 설명서는 읽으면서도 우리는 그 뜻이 어떤 내용을 담고 있는지 모르는 경우가 많다.

국립국어연구원은 74종 372건의 설명서를 조사한 『제품설명서의 문장실태연구』(김문오, 학예연구사)를 펴냈다. 어려운 한자어를 쓴 문장이나 잘 알려지지 않은 외국어를 써서 어려워진 문장과 부자연스러운 경우 등을 뽑아내어 알기 쉬운 문장으로 고쳤다. 다음 문장은 그한 예로 약품의 설명서이다.

• 가끔 국소적인 소양감, 발적, 발진, 겨모양의 박리, 피부염 등의 증상이 나타날 수 있다. → 가끔 부분적인 가려움, 빨갛게 부어오름, 두드러기, 겨 모양의 표피 벗겨짐, 피부염 등의 증상이 나타날 수 있다.

• 본제품은 경구투여 후 위장관으로 흡수되어 최적 흡수는 식후 복

용시에 나타난다 → 이 약은 복용 후 위장관으로 흡수되어 식사 후에 약을 복용해야 최적의 상태로 흡수될 수 있다.

대부분의 국민들은 위의 어려운 제품설명서를 읽다가 질려 중간에 접거나, 아예 버리고 의사나 약사의 말을 믿고 사용할 뿐이다. 쉽고 부드러운 한국어로 제품설명서를 사용하자.

제품설명서의 어려운 말

전자제품을 구입하면 대부분 설명서의 어려움에 고개를 흔든다. 다음은 그 예의 하나이다.

• 슈퍼트래킹은 노이즈가 없는 최적의 화면을 → 고속 탐지기능은 화면 이상(또는 떨림)이 없는 최적의 화면을
• 디아블로2 플레이어의 레벨에 따라 그 순위가 정해지는데, 그 순위는 스탠다드 래더와 하드코어 래더로 나뉜다. → 디아블로2 게임 참여자의 수준(또는 등급)에 따라 그 순위가 정해지는데, 그 순위는 표준 단계와 핵심 단계로 나뉜다.

이렇게 풀어 놓으면 좋을 것을 영어와 한글이 난해하게 조합된 어려운 설명서로 이 말을 만든 담당자만이 알 수 있는 암호 같은 말이다.
이 밖에 어렵고 부자연스러운 우리말은 도처에 많다.

• 이 약을 투여 중인 환자에게는 자동차의 운전 등 위험을 수반하는 기계의 조작에 종사시키지 않도록 주의하십시오. → 이 약을 투여 중인 환자는 자동차의 운전을 비롯하여 위험이 따르는 기계를 조작하지 않도록 주의하십시오.
• 승·하차시 발, 다리 간섭으로 인하여 부상이 우려되오니 →

승·하차시 무릎이나 다리가 부딪혀 다칠 우려가 있사오니.

　대부분의 의약품이나 전자제품이 이렇게 어려운 설명서를 작성하여 고객을 혼미하게 한다. 그렇지 않아도 바쁜 사회생활에 스트레스를 받으며 사는 우리들을 왜 이렇게 어려운 문장으로 이해를 시키려 하는가?
　이런 회사 홍보실에 국문학 전공자나 우리말을 잘 사용하는 문인을 특별 임용하여 쉽고 부드러운 한국어로 제품설명서를 작성하도록 권고하고 싶다.

일자(日子)보다 날짜를

시민 10여 명에게 물었다. 한문으로 '일자(日子)'에 대해서 써 보라고 했다. 그런데 안타깝게도 10명중 7명이 일자(日子)를 일자(日字)로 잘못 알고 쓰고 있었다.

중국이나 일본에서는 '일자(日子)'로 쓰는데, 언제부터인가 우리나라만 '日字'로 쓰도록 잘못 가르쳤기 때문이다.

본디 우리말 사전에는 1920년 조선총독부의 『조선어사전』에 '日子'로 바르게 올려져 있었다. 그런데 1938년 『조선어사전』부터 '日字'로 바뀌었다. 1980년대 한글학회에서 '日字'를 '日子'로 바로 잡았는데, 1992년에 나온 『우리말 큰사전』에는 어떻게 된 일인지 '日子(날수), 日字(날짜)'라고 어정쩡하게 되어 있었다.

다시 1999년에 한글학회에서 『국어사전 바로잡기』를 펴냈는데, 둘 다 일자(日子)로 바르게 자리를 잡았다. 이어 문화관광부 국립 국어연구원에서 펴낸 『표준국어대사전』에도 '日子'로 바로 잡았다. 그런데도 일부 우리 국어사전들은 지금도 '日子(날수), 日字(날짜)'로 올려놓는 실수를 범하고 있다. 아직도 일부는 일자(日子)는 모르고, 없는 일자(日字)로만 알고 있다. 일자(日字)는 '날짜'가 아니라 그 뜻이 '일(日)'일 뿐이다.

차라리 일자로 쓰지 말고 순수한 한국어인 '날짜'로 사용하면 좋을 것을 굳이 한자로 사용하기에 그렇다.

사람의 나이와 머지, 멀지 않아

사무실을 방문한 사람에게 물었다.

"금년 연세가 몇이세요?"
"저요? 금년 육십 다섯 살입니다."
다시 물었다.
"올해 연세가 몇이세요?"
"저요? 금년 예순 다섯 살입니다."

이 중에서 앞에 말보다 뒤에 말이 좋다. 금년보다 올해라는 말이 좋고 육십 다섯 살이라고 우리말과 한자를 섞는 것보다 한자는 한자끼리 육십 오 세라고 하든지, 예순 다섯 살이라는 우리말은 우리말끼리 통일하여 불러야 좋다. 그러나 한자의 말보다 우리말은 올해와 예순 다섯 살이 더욱 부드럽고 듣기 좋다. 역시 우리말은 좋은 것이기 때문이다. 세계적으로 우뚝 서려면 가장 한국적이어야 하듯 말이다.

'머지않아'와 '멀지 않다'를 혼동하여 사용하는 경우가 많다. 여기에서 머지않다는 시간적 개념의 의미이고, 멀지 않다는 공간적 개념을 나타낸다.

• 여기서 구청은 머지 않은 곳에 있다. 오는 추석절 비상근무일이

다가오는데 멀지 않다.

　• 여기서 구청은 멀지 않은 곳에 있다. 오는 추석절 비상근무일이
다가오는데 머지 않다.

　두 예문 중에 어느 말이 맞을까? 물론 앞의 말이 틀리고 뒤의 말이
맞다. 앞의 예문 구청은 공간적 개념의 뜻이고 추석절은 시간적 개념
이다. 따라서 구청은 거리 제한을 말하기 때문에 '멀지 않은'이 맞
고, 추석절은 돌아올 시간환경을 표현한 것이기 때문에 '머지 않아'
가 맞다.

사물의 순서와 등급

행사장의 많은 차량이 일시에 주차장으로 들어가기 위해서 몰려들었다. 입구에 근무하는 근무자들이 줄이어 늘어선 차량을 보고 호루라기를 불며 소리친다.

"자, 첫 번째 승용차는 왼쪽 주차장에 차례로 주차하시고. 그리고 둘 째 차량과 세째 차량은 같은 승합차이니까 오른쪽 주차장에 차를 세우세요."

우리 주변에서 자주 있는 모습이다. 그러나 위의 말은 틀린 말이다. 왜냐하면 예문 중에 첫 번째, 두 번째, 세 번째는 연이어 계속해서 반복되는 일의 횟수를 나타내기 때문이다. 그리고 사물의 순서나 등급을 나타낼 때는 첫째와 둘째, 셋째라는 말을 사용한다.

"첫 번째 입장하고 있는 분은 구청장이고, 두 번째는 의장이며, 세 번째 등장하고 있는 분은 경찰서장이다."

나란히 열거되는 사람을 표현할 때는 ○번째가 맞다. 그러나 사물의 순서나 등급을 나타낼 때는 첫째, 둘째, 셋째 등으로 쓰인다. '첫째 책상은 잘 보이는 곳에 진열해놓고, 그분의 둘째 아들이 하는 사업은 공공사업이다.' 이처럼 순서나 등급을 표시할 때 사용해야 한다. 따라서 위의 문장 서두에 쓰인 표현은 바른 말이다.

"첫째 승용차는 왼쪽 주차장에 차례로 주차하세요. 그리고 두 번째 차량과 세 번째 차량은 같은 승합차이니까 오른쪽 주차장에 차를 차례로 세우세요."

맞는 듯 안 맞는 듯 비슷하여 혼동하기 쉬우나, 자세히 확대경으로 들여다보라. 그러면 우리의 '바른 한국어'가 반갑게 보인다.

여자는 홑몸

임신한 여성이 농촌에서 일을 한다. 그러자 시어머니가 말한다.

"애, 홑몸도 아닌데 그만 일하고 집에 들어가거라."

여기서 홑몸이란 말은 틀린 말이다. 이때는 이렇게 말해야 맞다.

"애, 홑몸도 아닌데 그만 일하고 집에 들어가거라."

왜냐하면 홀몸이란 말은 '자동차 사고로 남편을 잃고 홀몸이 됐다.' 라든지 '전쟁통에 부모형제를 잃은 고아일 경우'에 홀몸이란 표현을 사용한다. 즉 부모나 가족이 전혀 없는 외로운 사람을 뜻한다. 즉 단신(單身), 척신(隻身)만을 일컫는다.

반면에 위에서 언급한 홑몸은 옆에 딸린 사람이 없는 혼자의 몸이 거나 아이를 배지 아니한 몸 등에서 사용한다.

따라서 여성이 아이를 배지 아니한 몸의 뜻으로는 '홑몸'을 써야 하 는데 많은 사람들이 홀몸으로 잘못 사용하고 있다. 여기서 '홀-'은 '홀아비, 홀어머'에서처럼 단순히 짝이 없이 혼자인 것을 말한다. 반 면 '홑-'은 '홑바지, 홑옷, 홑이불, 홑몸' 등처럼 '한 겹으로 된' 또 는 '하나인, 혼자인'의 뜻을 나타내는 접두사이다.

가족과 남편이 있는 평범하고 행복한 여성에게 '홀몸' 이라는 말은 결례이다. 따라서 임신한 여성에게 바르게 표현하는 말은 이렇다.

"홀몸도 아닌데 귀중한 몸을 유의해야 합니다."

행복지수 지속 가능?

우리 사회에 언제부터인가, '지속 가능'이란 말을 자주 사용하게 되었다. 이 말의 출생은 유엔환경계획과 환경운동 쪽에서 나왔다고 한다. 이처럼 말은 사회의 변화와 함께 출생, 분화를 거듭하며 우리 인류와 함께 하고 있다.

지속 가능이란 말은 이제 사회, 정치, 행정 전반에 확산되어 이 말이 빠지면 어색할 지경이 되었다. 지속 가능한 행복도시, ~지속 가능한 개발, ~농업, ~사회, ~도시, ~관광, ~환경, ~소비, ~경제, ~성장, ~지구, 지속 가능성, 지속 가능 위원회 등이 같은 예이다.

'선하다'를 매김말로 하면 '선한'이 된다. 모든 '개발'은 자연 쪽에서 볼 때 '악한' 것이다. 그러나 산업사회의 변화와 함께 개발을 아니할 수 없으니 덜 파괴적이게 하기 위해서는 '선함'과 '절제'가 필요하다. 개발과 보존이란 두 마리 토끼를 잡기란 쉬운 일이 아니다. 신은 인간의 저울추를 정확하고 똑같게 달아주질 않았기 때문이다.

'선한 개발, 선한 사회, 선한 도시, 선한 발전, 선한 경제, 선한 소비, 선한 농업, 선한 학문, 선한 평화, 선한 통일이 되었으면 한다. '선한'이란 말 말고 '바람직한'도 이를 갈음할 수 있다. '바람직한 것' 역시 오래 갈 수 있고 보전할 가치가 있으니 '바람직한 개발, 바람직한 사회, 바람직한 소비, 바람직한 통일…'들로 '지속 가능한'을 대신할 수 있다.

오늘 우리가 살아가는 세상이 선하고 절제가 따르고 바람직한 사고와 현상이 지속 가능한 연속선상 위에서 펼쳐졌으면……

나 어떻게 해?

  예전에 모 대학 그룹 사운드가 부른 '나 어떡해'란 노래가 있었다. 젊은시절 많이 불렀던 노래였다. 부조리한 사회에 대한 가치관 혼동으로 자조적 고백의 소리로 외쳤던 젊은이들의 노래였다.

  '어떡해', '어떻게', '어떻해' 가운데 어느 것이 맞고 어느 것이 틀릴까? '어떡해'와 '어떻게'는 맞는 말이고, '어떻해'는 틀린 말이다. '어떡해'와 '어떻게'는 발음이 비슷해 혼동하기 십상이다. '어떡해'는 '어떻게 해'가 줄어든 말이고, '어떻게'는 '어떻다'의 활용형으로, 부사적으로 쓰인다. 이 두 단어는 다른 말이므로 상황에 맞게 써야 한다.

  "지갑을 잃어 버렸어. 나 어떡해."
  "지갑을 잃어 버렸어. 집에 어떻게 가지?"

  '어떻게'는 부사적으로 쓰이므로 "이게 도대체 어떻게 된 일이니?" "이 일을 어떻게 처리하지?"이처럼 동사를 수식할 수 있다. 그러나 '어떻게 해'는 하나의 구(句, 부사어+동사)이고, '어떡해'도 동사이므로 서술어로 쓰일 수는 있지만 다른 동사를 수식할 수는 없다. '이제 난 어떡해'는 말이 되지만 '이 일을 어떡해 처리하지?'처럼 쓸 수는 없다.

  '어떡해'와 '어떻게'를 쉽게 구별하려면 '어떡하다'(원말 : 어떻게 하다)는 동사고, '어떻다' (원말 : 어떠하다)는 형용사라는 점을 생각하면 된다. '어떡하다' 는 '어떡하든지', '어떡할까', '어떡해' 등으로, '어떻다' 는 '어떻든', '어떨까', '어때' 등으로 활용한다.

가늠, 가름, 갈음

서양 속담에 이런 말이 있다.

"애매한 말은 거짓말의 시작이다."

정확하고 바른 표현은 진실의 시작이다. '다음 세기에 나타날 자연적 현상은 우리 인간의 생명을 좌우할 것인가를 가늠할 것이다.' 여기서의 '가늠'은 잘못 쓰였다. '가름'으로 바로잡아야 한다. 또 이 문장은 주부(主部)와 술부(述部)가 잘 호응하지 않는다.

다음 세기에 부여된 '자연적 현상' 자체가 운명을 가름하는 것이 아니라 그 인간 생명을 어떻게 좌우할 것인가를 가름하는 것이기 때문이다. 다음이 맞다.

"다음 세기에 나타날 자연적 현상은 우리 인간의 생명을 좌우할 것인가를 가름할 것이다."

'가늠'의 뜻은 '미리 헤아려 보는 일, 짐작하는 일'을 말한다. 아래의 말이 이에 해당한다.

"근대과학은 수시로 변화하기에 어떤 방향을 가늠할 수가 없다."

"어정쩡한 가늠으로 내 운명을 걸기엔 그 일이 어렵다."

'가름'은 '가르다'의 명사형으로 '따로따로 나누는 일, 또는 구분(區分)하는 일'을 말한다. 예컨대,

"사람은 할 역할이 있어 저마다 맡을 가름이 있어야 한다."
"지금의 아이들 수준으로 이번 성적을 가름했다고 봐도 된다."

'갈음'은 '갈다'의 명사형으로 다른 것으로 바꾸어 대신한다는 뜻이다. 즉 갈음은 서로 '대체(代替)하는 일'을 말한다. 아래의 말이 갈음에 적합하게 사용된다.

"내년에 발표할 사업은 오늘의 말로 갈음을 한다!"

건달을 아시나요?

건달이란 말은 '돈도 없이 난동을 부리고 다니는 사람'을 말한다. 하는 일 없이 빈둥빈둥 놀며 게으름 피우는 짓이나 그런 사람을 우리는 '건달'이라고 한다. 그런 데 한국어 사전을 보면 건달이란 말 뒤에 한문으로 건달(乾達)이라고 표기를 해놓았다. 그리고 '건달'이 산스크리트 말 'Gandharva'의 취음 건달파(幹闥婆)에서 왔다고 기록한 곳도 있다.

한국어 사전에서 분류하는 건달바(건달파)의 뜻은 이렇다. ① 수미산 남쪽 금강굴에서 살면서 제석천의 아악을 맡아 보며, 술과 고기를 먹지 않고 향만 먹고 하늘을 날아다닌다는 귀신 ② 사람이 죽은 뒤 삶을 받을 때까지의 49일 동안 ③ 어린아이를 보호한다는 귀신이다. 라고 설명하고 있다.

그런데 한국어의 건달파와 건달은 아무 상관이 없다. 한국어 '건달'을 중국에서는 '얼류쯔(二流子)', 유시우하오셴(遊手好閑)이라 하고, 일본에서는 '고로츠키, 야쿠자, 요타모노'라고 한다.

'건달'의 '건'은 일을 대충대충 해치운다는 뜻도 있는 '건둥건둥'의 '건'이나, 사람이 싱겁고 멋없이 하는 짓이라는 뜻이 있는 '건들건들'의 '건'에 가깝고, '달'도 점잔 빼고 거만 부린다는 뜻도 있는 '고달'의 '달'이나, 과거시험에 합격하고도 벼슬을 못 하고 빈둥빈둥 놀기만 하는 '선달'의 '달'이 갖는 뜻을 포함하고 있다.

한국어의 건달에 아무 상관이 없는 건달(乾達)이란 한문을 달아 놓으면 안 된다. 이 건달에는 건달강, 건달꾼, 건달끼, 건달 농사, 건달떡, 건달패 등이란 말이 있다.

이판사판

"까짓 거 이제 이판사판이다. 죽고 살기로 한 번 해보자!"

우리는 어떤 일을 하다가 막바지에 일이 잘 안 될 때 악을 쓰며 '이판사판(理判事判)'이라고 종종 말한다. 여기에서의 이판(理判)은 참선하고 공부하는 스님을 말하며, 사판(事判)은 절의 업무를 꾸려가는 스님을 뜻한다.

억불(抑佛)정책을 쓴 조선시대에 승려가 된다는 것은 인생 막바지 같은 것이었다. 갈 데까지 가보자는 마지막 신분 계층이 되는 것이었다.

그러므로 이판사판은 곧 막다른 데에 이르러 어찌 할 수 없게 된 지경을 의미한다. 이판사판을 '이판새판'으로 사용하는 사람들이 있다. 이판사판이 맞는 말이다.

춘향전에서 이 도령이 성춘향을 만나 백년언약을 하지만 이 도령 아버지의 갑작스런 귀경으로 이별하게 된다. 이걸 알게 된 춘향 어머니 '월매'는 대청마루에 앉아 이렇게 길게 목 놓아 소리 한마당을 한다.

"내 딸 춘향이 상사병으로 원통히 죽고 나면 – 딸 잃고 사위 잃고 혈혈단신 – 이내 몸이 뉘를 믿고 산단 말인고 –! 남 못할 일 그리 마오 그리 마오 –?"

위에서 나오는 혈혈단신(孑孑單身)은 의지할 곳 없는 홀몸이란 뜻이다. 이를 '홀홀단신'으로 잘못 쓰는 경우를 볼 수 있다.

혈혈(孑孑)은 고단하게 외로이 서 있는 모양을 가리킨다. 반면 '홀홀'은 나뭇가지에 마지막 잎새가 홀 홀 가볍게 날리는 모양새를 나타낸다.

며칠과 몇일을 아시나요?

우리가 보통 날짜를 손꼽아 기다릴 때 잘 사용하는 말이다. 그런데도 혼동이 잦다.

"그이 만날 날이 몇일 남았지?"
"군대 간 막내아들 휴가일이 며칠 남았지?"

앞의 예문 중에 앞의 문장 '몇일'은 틀리고, 뒤의 문장 '며칠'은 맞는 말이다.

「한글 맞춤법」은 두 개 이상의 단어가 어울려 이루어진 문장은 각각 그 원형을 밝히어 기록하게 되어 있다. 다만 어원이 분명하지 않은 것은 원형을 밝히지 않아도 된다는 얘기이다.

'며칠'이 '몇+일(日)'에서 온 말이라고 보면 각각 원형을 밝혀 '몇일'이라고 기록해야 한다. 그러나 한글 맞춤법은 '며칠'의 어원이 분명하지 않은 것으로 보고 이렇게 정의하고 있다.

다음을 살펴보자. '몇'이란 말 뒤에 모음으로 시작되는 조사가 오면 끝소리인 ㅊ이 뒤를 따르게 된다. 예를 들어 몇+이나 [며지나], 몇몇+을 [면며츨]처럼 소리나는 것이다. 그러나 '몇' 다음에 명사가 붙게 되면 끝소리 'ㅊ'이 'ㄷ'으로 소리나게 된다.

그 예로 몇 월[며둴], 몇 억[며덕] 등이 있다. 며칠이 '몇+일'에서 온 말이라면 뒤에 명사가 붙는 것이어서 [며딜]로 소리나야 한다. 하지만 그런 경우는 없다. 따라서 '몇+일'의 구성이라고 보기 어려워 그 원형을 밝혀 적지 않는 것이다. 따라서 '몇일'이 아니고 '며칠'로 적어야 한다.

제5장

쉼팡 – 가족이야기

'쉼팡' 이란 제주도의 방언으로써 쉬어가는 자리이다. 이를 테면 '정자나무,' '쉼터' 같은 역할이다.

— 제주도 김순택 수필가

"가장 부유한 사람은 절약가이고 가장 가난한 사람은 수전노이다."

— 상포르

"가정과 가정생활의 안전과 향상이 문명의 중요 목적이요, 산업의 궁극적 목적이다."

— C.W. 엘리어트

'부부'란 말보다 '가시버시'가 더 좋아

예전에는 남편과 아내, 즉 부부를 팍내, 한솔, 가시버시라고 불렀다. 가시아내는 옛 사전을 보면 원래는 '갓'이다. 가시는 찌르는 것(!)이고, 갓은 머리 위에 올라앉는 것이니 아내를 나타내는 말이다.

가시아버지는 장인, 가시어머니는 장모를 가리킨다. 따라서 가싯집은 처가이다. 유부남(有婦男)은 핫아비, 유부녀(有夫女)는 핫어미라고 한다. 접두어 '핫-'은 핫바지나 핫저고리에서처럼 '솜을 두어 만든 것'이며, '배우자를 갖추고 있다'는 뜻이다. 핫아비와 핫어미의 반대말은 홀아비와 홀어미이다.

의붓아버지는 어머니가 다시 얻은 남편인데 다시 얻었다는 뜻에서 다시아비라고 하며, 의붓어미는 다시어미이다. 후실이나 첩이 데리고 들어온 의붓자식을 덤받이라고도 하는데, 덤받이 아들은 데림아들, 덤받이 딸은 데림딸이라고 한다. 첩은 토박이말로 고마나 시앗, 듣기 좋은 말로 작은마누라라고 한다.

아들 많은 집의 외딸을 고명딸이라고 한다. 고명은 음식의 모양을 좋게 하기 위해 음식 위에 뿌리거나 얹어 놓는 것인데, 딸 많은 집의 외아들은 고명 노릇을 못하는지 고명아들이란 낱말은 없다. 딸내미나 딸따니는 어린 딸을 귀엽게 일컫는 말이다.

말머리아이는 혼인한 뒤에 곧 배어 낳은 아이, 요즘으로 치면 '허니문 베이비'를 가리킨다. 감정아이는 월경을 한 번도 안 하고 밴 아이,

그러니까 처음 배란(排卵)된 난자가 수정이 되어 밴 아이를 뜻한다. 이를 보고 애가 애를 낳았다고 하였지!

"아름다운 아내를 가진다는 것은 지옥이다."

위의 말을 한 '셰익스피어'는 악처 '크산티페'만 알았지 우리나라의 다정다감한 현모양처 '가시버시'를 몰라서 한 말일 것이다.

터울이 바로 서야

한 가정에 태어난 형제자매들의 나이 차이를 보통 이렇게 말한다.

"형과 동생은 몇 살 터울이세요?"
"예, 두 살 터울입니다."
"우리 형제는 터울이 많이 집니다."

이렇듯 '터울'이란 말은 국어의 명사로서 한 어머니에게서 먼저 태어난 아이와 다음에 태어난 아이의 나이 차이를 말한다. 즉, 같은 형제자매 간의 나이 차이를 말하는 것이다. 한 어미에게서 난 동물에게도 같은 용어를 사용한다.

"저 강아지와 이 강아지는 한 살 터울입니다."
"저 송아지와 이 송아지는 두 살 터울입니다."

'터울'에는 이처럼 한 어머니에게서 난 자식 사이의 나이 차이를 가리키는 뜻이 있기에 형제자매 간이 아니면 사용할 수 없다. 그러나 이러한 의미에도 불구하고 사람들은 어떤 일이건 차이와 간격이 생기면 터울이란 말을 잘 사용한다.

"저 쪽 아파트 사는 김씨네 부부는 부부가 다섯 살 터울이래요."

"너와 난 이제 겨우 두 살 터울이어서 서로 터놓고 지낸다."

"이들 두 사람은 학교의 동창인데 한 살 터울이라서 서로 말을 터놓고 지낸다."

터울이란 말은 반드시 한 어머니한테 태어난 형제지간에만 사용하는 것이다. '터울'이란 말의 뜻을 정확하게 모르고 사용하면 실례가된다. 바른 국어와 이치에 맞는 어법을 정확하게 사용하는 것이 지식인의 바른 태도이다.

한국어가 바로 일어설 때 민족정기도 바로 일어서는 것이다. 말과글은 그 민족의 바탕이요, 정신이기 때문이다.

집안에서의 부모님 호칭

집안에서 자식이 어버이를 부를 때는 '아버지, 어머니'라고 한다. 또 며느리가 시아버지, 시어머니를 부를 때는 '아버님, 어머님'이며, 효자는 '아버지, 어머니'요, 효부는 '아버님, 어머님'이라는 호칭으로 부른다. 제주도의 김순택 수필가(향토사 연구가)는 이렇게 주장한다.

"아버지, 어머니라는 말 앞에 내 아버지, 내 어머니라고 해서는 안 된다. 아버지, 어머니라는 말 앞에는 반드시 우리 아버지, 우리 어머니가 전제되어야 한다. 여기서 '우리'라는 말은 '나'와 '저'의 뜻이 포함된다. 효자는 자기 어버이를 남들에게 일컬을 때에 '우리 어른, 우리 안어른'이라고 말한다. '아버지 어머니'란 말은 귀하고 거룩한 말, 아껴 존중하여야 한다."

세계적인 교육학자인 '페스탈로치'는 말했다.

"가정이여, 그대는 도덕의 학교이다."

효부가 남에게 시부모를 일컬을 때는 '우리 아버님, 우리 어머님'이라고 한다. 아들이 총각시절에 '우리 아버지가 오신다는 편지가 왔어요.'라든지, '우리 어머니가 오신다는 편지가 왔어요.'라고 한다.

아들이 장가를 들고부터는 '우리 어른이 오신다는 편지가 왔어요.' 라고 해야 좋다. '우리 어른이 오신다는 편지가 왔어요.' 라든지, '우리 안어른이 오신다는 편지가 왔어요.' 라고 말하는 것이 듣기에 좋다.

아버지를 잃게 되면, '우리 선고님 말씀', '우리 선친의 말씀' 이라고 한다. 어머니를 잃게 되면 '우리 선비 말씀' 이라고 한다.

이 말들은 모두 한문이지만 우리말로 바꾸면 '돌아가신 우리 어른, 돌아가신 우리 안어른' 이라는 말이 좋다.

남의 부모님 호칭

남에게 '자신의 아버지'를 한문으로 가엄(家嚴), 가부(家父), 가대인(家大人), 엄군(嚴君), 가친(家親)으로 말한다. 한문보다는 우리말로 '우리 어른'이 좋다. 남의 아버지를 존칭해서 말할 때 대인(大人), 춘부장(椿府丈: 椿 참죽나무 춘, 府 곳집 부, 丈 어른 장), 춘부대인(春府大人), 춘당(春堂)이라고 한다.

"그러나 한문보다는 우리말로 '어른'이라고 하는 것이 좋다. 남의 아버지를 '아버님'이라 함부로 해서는 안 된다."

제주도의 김순택 수필가(향토사 연구가)는 말한다. 남에게 '자신의 어머니'를 한문으로 자친(慈親) 자모(慈母) 가모(家母)로 말한다. 그러나 한문보다는 '우리 안어른'이 더 좋다. 남의 어머니를 높여 말할 때 대부인(大夫人), 모당(母堂), 자당(慈堂)이라고 한다. 그러나 한문보다는 우리말로 '안어른'이라고 말하는 것이 좋다. 역시 남의 어머니를 함부로 '어머님'이라고 해서는 안 된다. 돌아가신 남의 아버지를 '선대인'이라고 한다. 돌아가신 남의 어머니를 '선대부인'이라고 말한다.

상대방의 마음을 편하게 해주는 것이 예(禮)이다. 상대에 따라 예를 갖추는 것을 절(節)이라고 한다. 따로 따로 예절이 잘된 것을 범절이라고 말한다. 이러한 예절을 잘 지키는 집안을 범절가, 법가집이라고 말한다. 예의범절이 없는 집을 마구잡이집(雜家), 국수집안이라고 말한다. 콩(菽)과 보리(麥)를 구별 못하는 '숙맥집안'이 주변에 더러 있어 하는 말이다.

1943년 '어린왕자[—王子, Le Petit Prince]'라는 명작동화를 쓴 프랑스의 동화작가 '생텍쥐베리(Saint-Exupery)'는 말했다.

"부모님께서 우리들의 어린 시절을 꾸며주셨으니 우리는 부모님의 말년을 아름답게 꾸며드려야 한다."

친·인척의 호칭 — 하나

제주도의 김순택 수필가(향토사 연구가)는 친·인척을 제주도 방언으로 권당(眷黨)이라 한다며 알려 왔다. 이는 권속(眷屬), 가권(家眷), 가속(家屬)과 같은 말이나 훨씬 더 포괄적이다. 자기 집에 딸린 식구, 또는 한집안의 겨레붙이를 다 '권당'이라고 한다. 권(眷)은 돌아볼 권, 겨레붙이 권이라고 푼다. 당(黨)은 친족과 인척의 뜻이다. 그러므로 권당은 친당(親黨)과 척당(戚黨)을 합쳐 일컫는 말이 된다.

그럼 친당(親黨)은 어떤 말인가? 아버지당이 바로 친당이긴 하지만, 제주도에서는 친당을 그냥 '권당'이라고 한다. 여기서 친(親)이라는 글자는 '어버이 친' 자(字)이다. 부친(父親)이나 모친(母親)이라는 말은 한자말이다. '父親'이라는 한자말을 우리말로 옮기면 '아버지'로 되고, '모친(母親)'이라는 한자말을 우리말로 옮기면 '어머니'로 된다. '兩親'이라는 한자말을 우리말로 옮기면 '어버이'로 된다.

'어버이' 섬김을 한자말로 '사친(事親)'이라고 한다. 친당이라고 했을 때, 그 '친(親)'은 '아버지' 쪽을 말한다. 돈을 내어서 족보를 같이 하는 사람 모두가 친당이다. 성씨가 같으면 핏줄이 계산되는 인척 가운데 아버지의 당이 친당이다.

아버지당의 끄트머리가 아버지의 자녀가 된다. 형이 아버지당에 들고, 아우와 누나 여동생인 누이가 아버지당에 들어가는 것이다. 위로는 아버지의 아버지, 아버지의 할아버지, 아버지의 어머니, 아버지의 할머니가 모두 아버지당이다.

친·인척의 호칭—둘

집안 친·인척 중에 척당(戚黨)에 대하여 알아보자. 제주도의 김순택 수필가에 의하면 척당을 이성(異姓) 권당이라고 한단다. 척(戚)이란 성씨가 다르면서도 촌수가 계산되는 사람을 말한다. 즉, 성씨가 다르면서도 핏줄(촌수)이 계산되는 사람을 척(戚)이라고 하는 것이다. 그러므로 척으로 되는 사람들이 척당이 된다.

어머니의 친정집(외가) 사람들이 척족이고, 할머니의 친정집과 증조모의 친정집, 고조모의 친정집 사람들이 척족이다. 그리고 고모가 시집가서 이룩한(낳은) 아들, 딸, 손자, 손녀들이 나에게 척당이다. 고모 남편은 나에게 척이 되지 못하나, 고모 남편의 아들, 딸은 나에게 척으로 된다. 고모의 남편은 나에게 핏줄이 계산되지 아니하기에 척에 들지 못한다. 고모 남편 아들, 딸 가운데서 우리 고모가 낳은 아들 딸만 나에게 핏줄이 계산된다.

고모의 아들·딸은 나에게 척족이다. 집안 사촌은 친당으로 되고, 외사촌과 고종사촌은 모두 척당으로 된다. 외갓의 척당은 범위가 넓어서 그 수가 많으나, 고모집 척당은 범위가 좁아 그 수가 적다. 척당 가운데 사귐이 먼 척당이 이모당으로 된다.

그러므로 일가니 종친이니 친족이니 인척이니 친척이니 첨종이니 하지 말고 제주도에서 하는 것처럼 우리끼리는 '권당'이라고 몰아 말하는 것이 좋겠다.

"여보시게, 이 당 저 당 따라다지지 말고 우리 권당(眷黨)으로 오시게. 이 세상에 권당만큼 좋은 당이 어디 있는가! 아암 그렇구말구!"

단위말

집단사회라는 구성체에 얽매여 살다보니 서로 따지는 일이 자주 생긴다. 이 문제를 정확하게 하지 않으면 불상사가 생긴다. 그래서 일정한 단위말을 규정하고 이를 준수하며 살아간다.

단위말에는 여러 가지 있다. 특히 농촌의 땅과 관련한 단위말을 살펴보자. '뙈기'는 경계를 지어 놓은 논밭의 구획, 또는 그 구획을 세는 단위이다. 밭뙈기, 논뙈기, 땅뙈기 등이다. 예를 들어 "밭 한 뙈기를 부쳐 근근이 먹고 살고 있다."라고 말할 수 있다.

'밭뙈기'에 채소, 과일 등 농작물을 심고 가꾸어, 수확 할 때가 되면 대부분은 외지의 상인에게 '밭떼기'로 팔지만 트럭이 있으면 직접 싣고 나가 '차떼기'로 넘긴다. 이때의 '차떼기'가 오늘날 정치인들이 종종 하는 돈 차떼기의 시원지(始原地)이다.

바둑에는 수(手)를 사용한다. 바둑 한 수, 두 수, 꼼수, 꾐수, 속수(俗手), 법수(法手), 자충수, 물림수 등이다. 여기서의 수는 손 수자로써 손으로 하는 한 수, 한 판을 두는 것을 말한다. 동전을 셀 때는 한 잎, 두 잎/ 밥은 한 끼, 두 끼/ 밥 먹기에는 한 술, 두 술/ 상 차리기에는 한 상 , 두 상/ 소문내기는 한 입 두 입이다.

이렇게 사물의 분량을 세는 단위의 명칭을 명수사(名數詞) 또는 양수사(量數詞)라고 한다. 대포의 수를 세는 말은 문이다. 대포의 수량 단위는 문(포문)이지만, 펑 날리는 횟수를 말할 때는 한 방, 두 방을 말한다.

"비격진천뢰 일 문 한 방 갈기니 왜선 한 척이 대번에 터져 갈아 앉아 버렸다!"

사이시옷 공부 – 하나

　우리말에는 사이시옷이 많이 들어간다. 말끝마다 글자 사이마다 사이시옷이 들어가는데 어디에서 어떻게 사용하는지에 대하여는 혼동을 자주 일으킨다. 한글 맞춤법에서 사이시옷을 쓸 수 있는 경우는 순 우리말이거나 순 우리말과 한자어로 된 합성명사로서 뒷말의 첫소리가 된소리로 나거나, 뒷말의 첫소리 'ㄴ, ㅁ'이나 모음 앞에서 'ㄴ' 소리가 덧나는 때이다.

　사이시옷이 붙는 환경은 이렇다. 순 우리말 합성어에서 3가지와 순 우리말+한자어 합성어에서 3가지, 한자어에서 1가지로 모두 7가지가 있다.

　'순 우리말 + 순 우리말' 합성어 중에서

① 뒷말 첫소리가 된소리로 나거나: 냇가, 햇볕.
② 뒷말 첫소리 'ㄴ, ㅁ' 앞에서 'ㄴ' 소리가 덧나거나: 아랫니, 잇몸.
③ 뒷말 첫소리 모음 앞에서 'ㄴㄴ' 소리가 덧날 때: 뒷일, 깻잎.

　'순 우리말 + 한자어' 합성어에서

④ 뒷말 첫소리가 된소리로 나거나: 콧병, 햇수.
⑤ 뒷말 첫소리 'ㄴ, ㅁ' 앞에서 'ㄴ' 소리가 덧나거나: 곗날, 툇마루.

⑥ 뒷말 첫소리 모음 앞에서 'ㄴㄴ' 소리가 덧날 때: 가욋일, 홋일.

'한자어'에서

⑦ 두 음절로 된 한자어 6개: 곳간, 셋방, 숫자, 찻간, 툇간, 횟수. '기차간, 전세방'은 여섯 개의 예외조항에 포함된 한자어가 아니므로 사이시옷을 적을 수 없다.

사이시옷 – 둘

우리가 흔히 잘 사용하는 사이시옷의 예이다. 살펴보자.

갈댓잎, 감잣국, 갯값, 건넛마을, 계핏가루, 고양잇과, 공깃밥, 군홧발, 귀갓길, 근댓국, 기댓값, (기와집), 꼭짓점, 나랏돈, 나랏빚, 난롯불, 날갯짓, 냉잇국, 노랫말, 노랫소리, 노잣돈, 놀잇배, (농사일), 눈칫밥, 단옷날, 담뱃잎, 답삿길, 대푯값, 덩칫값, 도낏자루, (도매금, 동아줄), 등굣길, 하굣길, 등댓불, (마구간), 마릿수, 만둣국, 만홧가게, 맥줏집, (머리기사, 머리말), 머릿돌, 며느릿감, 모깃소리, 뭇국, 바닷고기, 바닷모래, 바닷새, 배뱅잇굿, 배춧국, 뱃멀미, 보랏빛, 북엇국, 비췻빛, 빨랫방망이, 사잣밥, 상갓집, 색싯집, 선짓국, 성묫길, 소싯적, 소줏집, 송홧가루, 순댓국, 시곗바늘, 시빗거리, 시줏돈, 신붓감, 신줏단지, 쌈짓돈, 연둣빛, (예사말), 예삿일, 외갓집, 우윳빛, (인사말), 일숫돈, 잉엇과, 자릿세, 자줏빛, 장밋빛, 장삿속, (전세방), 전셋집, 조갯국, 존댓말, 종갓집, 종잇장, 죗값, 주머닛돈, 주삿바늘, 처갓집, (초가집), 출셋길, 콧방귀, 파랫국, 판잣집, (피자집), 하굿둑, 호숫가, 혼잣말, (화병), 활갯짓 ……

〈예문 1〉 '인사말, 머리말, 머리기사'는 사이시옷을 사용하지 않는다.
〈예문 2〉 '꼭지점'이 아니라 '꼭짓점'이 옳다. 이 말이 [꼭찌쩜]이나 [꼭지쩜]으로 소리나기 때문이다. 이러한 발음은 '순 우리말과 한자어로 된 합성어로서 앞말이 모음으로 끝난 경우, 뒷말의 첫소리가 된소리로 날 때' 사이시옷을 받쳐 적는다.

〈예문 3〉 '피잣집'이 아니라 '피자집'이 옳다. 외래어로 구성된 단어에는 사이시옷이 들어가지 않기 때문이다.

붙이다

우리가 흔히 사용하는 말 중에 '붙이다' 가 있다. 여러 가지 형태로 쓰는데 이는 문법의 사동사(使動詞)이다.

우리말 사전에는 '서로 맞닿아서 떨어지지 않게 하다', '꽉 달라붙어 떨어지지 않게 하다' 라는 뜻이 있다.

닿게 하다의 뜻으로써 가까이 닿게 하다, 근접시키다라는 뜻이다. 예를 들면 우표를 붙이다, 벽지를 벽에 붙이다, 벽에 책상을 붙이다 등이다.

또는 회부하다, 기탁(寄托)하다, 기서(寄書)의 뜻도 있다. 예를 들면 의안을 총회에 올리게 한다는 뜻에서 의안을 총회에 붙이다, 가부 간 표결에 달리게 한 것을 뜻하는 거부를 표결에 붙여 결정하자 등의 표현을 할 수 있다. 문학의 축전에 붙인다. 조국 순례 대행진에 붙인다.

그리고 둘 사이를 어울리게 하다, 소개(매개)하다라는 의미가 있다. 예를 들면 화해를 붙이다, 흥정을 붙이다. 점화하다라는 의미로 담뱃불을 붙이다라는 표현이 있고 암수를 교미시키다라는 뜻에서 발정한 돼지를 수컷과 붙이다라고 예를 들 수 있다.

또 마음과 취미 따위를 몸에 붙게 하다라는 뜻에서 취미를 붙이다, 마음을 붙이고 살게 하다라고 말할 수 있고, 딸리게 하다, 배속시키다라는 뜻으로 경호원을 붙이다라고 표현할 수 있다.

싸움을 붙이다라는 뜻에서 따귀를 한 대 올려붙이다, 불을 다른 곳
으로 옮겨 붙게 하다 등의 여러 가지 의미로 사용된다.

부치다

'부치다' 를 『국어대사전』(이희승)에서 찾아보면 여러 가지 뜻이 나온다.

① 힘이 모자라다, 힘이 부치다 ② 지짐질 ③ 부채나 풍석 같은 걸 흔들어 바람을 일으킴 ④ 논밭을 가꾸어 농사를 짓다 ⑤ 번철에 기름을 바르고 빈대떡 같은 것을 익혀서 만들다 ⑥ 편지를 부치다 등이 있다.

부치다는 사실 '붙다' 의 어간 '붙' 에 사동(使動)을 나타내는 접사 '이' 가 붙어서 된 말로, 그 구조는 '붙이다' 와 같은 것이다.
그러나 그 의미가 아주 다른 말로 바뀌었기에 어원을 밝히지 않고 소리나는 대로 적게 하여 다른 형태가 된 말이다(이런 말로는 '바치다(納)', '드리다(獻)', '이루다(成)'따위가 있다). 예를 들면 아래와 같이 쓰인다.

- 인편에 짐을 부치다.
- 아들에게 학비와 용돈을 부치다.
 '힘(실력)이 미치지(감당하지) 못하다' 라는 뜻으로 예를 들면 다음과 같다.

- 나에게는 힘에 부치는 일이다.

  '(부채 같은 것으로) 흔들어서 바람을 일으키다' 라는 뜻도 있다.
- 부채를 부쳐 땀을 들이다.

  '논밭을 다루어서 농사를 짓다' 라는 뜻으로도 쓰인다.
- 논 열 마지기를 부치다.

색 쓰기

색깔만큼 다양한 말과 의미가 있을 것이 있을까? 다양한 색상과 의미만큼 쓰기에도 혼동을 일으키기에 충분한 것이 이른바 '색 쓰기'이다. 기본색 이름에는 빨강, 주황, 노랑, 연두, 초록, 청록, 파랑, 남색, 보라, 자주, 분홍, 갈색(이상 유채색)과 하양, 회색, 검정(이상 무채색)이 있다. 여기에 다른 색깔을 두 가지를 혼합하면 이원색이요, 세 가지를 혼합하면 삼원색이요, 여러 가지를 혼합하면 다원색이다.

색상 중에서 빛깔이나 물감을 뜻하는 명사의 '하양, 노랑, 파랑, 빨강, 검정(까망)'이 있다. 그런데 '하양, 노랑, 파랑, 빨강'은 표준어이지만 '까망'은 표준어가 아니다. 사전에 '까망'은 '깜장의 잘못'이라고 되어 있다. '가망, 거멍, 꺼멍'도 '감장, 검정, 껌정'의 잘못이라고 하고 있다. 색을 수식어로 쓰려면, 빨강 띤 주황 → 빨간 주황, 노랑 띤 갈색 → 황갈색, 녹색 띤 연두 → 초록빛 연두로 바꿔 써야 한다.

산업자원부 기술표준원에 의하면 명도·채도와 관련된 '해맑은', '짙은', '칙칙한' 등의 수식 형용사는 각각 '선명한', '진한', '탁한'으로 바꿨으며 사용빈도가 높은 '흐린'이란 표현을 수식 형용사에 추가했다.

살색은 살구색으로 쓰기로 했다. 또 국방색은 폐지됐다. 군복 군용 모포가 달라졌기 때문이다. 우리말로 변경되는 영문 관용색은 다음과 같다. 핑크 → 분홍, 브라운 → 갈색, 로즈 → 장미색, 피치 → 복숭아색, 블론드 → 금발색, 스칼릿 → 진홍색, 스트로베리 → 딸기색, 브론즈색 → 청동색 등으로 바뀌어졌다. 사회구조 변화에 따라 색상의 변화체계가 이루어진 것이다.

~되다

방송국이나 행사장에서 흔히 사용하는 말이다. '~가 되겠습니다', '~있겠습니다' 를 '~입니다', '~있습니다' 로 바꾸어 표현해야 맞다.

잘못된 표현 ☞ 일기예보 방송에 비는 소강상태가 되겠고, 비 올 확률은 40%가 되겠습니다. 낮 최고 기온은 25도가 되겠으며, 아침 · 저녁으로는 선선한 날씨가 되겠습니다.
바른 표현 ☞ 비는 소강상태이고, 비 올 확률은 40%입니다. 낮 최고 기온은 25도이며, 아침 · 저녁으로는 선선합니다.

잘못된 표현 ☞ 이곳은 회의실이 되겠습니다. 정답은 3번이 되겠습니다. 총 사업비는 4억원이 되겠고, 전액 국비가 되겠습니다. 다음은 국민의례가 되겠습니다.
바른 표현 ☞ 이곳이 회의실입니다. 정답은 3번입니다. 총 사업비는 4억원이고, 전액 국고입니다. 다음은 국민의례입니다.

잘못된 표현 ☞ 좋은 하루되세요. 즐거운 여행되세요.
바른 표현 ☞ 좋은 아침되세요. 좋은 여행되세요.

잘못된 표현 ☞ 술 · 담배를 줄여야 되고, 기름진 음식을 피해야 된다. 어떻게 해야 될지 몰라 긴장됐다. 과거사도 규명해야 되지만 경제부터 살려야 된다.

　바른 표현 ☞ 술·담배를 줄여야 하고 기름진 음식을 피해야 한다. 어떻게 해야 될지 몰라 긴장했다. 과거사도 규명해야 하지만 경제부터 살려야 한다.

구개음화란?

우리가 발음할 설단음(치조음) 'ㄷ, ㅌ'이 'ㅣ'모음과 만나면 그 'ㅣ'모음에 동화되어 구개음 'ㅈ, ㅊ'으로 바뀌는 현상을 말한다. '굳이'가 [구지]로 발음된다든지, '밭이'가 [바치]로 발음되는 것을 가리킨다.

동화현상의 하나인 역행동화의 일종으로서 자음이 모음에 동화된다. 구개음화 현상은 역사적으로 17세기경부터 남부 지방에서 시작하여 북상하였는데, 아직도 평안도 지방에서는 잘 나타나지 않고, 예외도 많다. '디디다', '마디', '느티나무' 등에서는 'ㄷ, ㅌ'이 'ㅣ'모음과 만나고도 구개음화하지 않는다.

예문

남편: "당신이 '굳이' 가겠다면 내가 동행할 수밖에……"

아내: "동행 안 해도 어때. '같이' 가고 싶어 하지 않는 사람과 '같이' 가는 것도 고역이니까……"

남편: "내 말을 '곧이' 곧대로 들었네……"

아내: "내가 어디 가자면 늘 뜸을 들이는 당신이니, '곧이' 들을 수밖에……"

남편: "당신 반응이 어떤가 보려고 한 번 해본 거지. 즐겁게 '같이' 갈 거니까 염려 말아……"

아내: "그럼, 내일 해돋이 무렵에 '같이' 떠나지 뭐."

다만, 발음 중에서 'ㄷ'이 '-히-'를 만나면 대개 구개음화되어 [-치-]로 발음되는데, 'ㄷ'과 'ㅎ'이 융합하여 'ㅌ'으로 발음되는 경우도 있다.

제6장

일본말의 오·남용 사용실태

"작가 황순원은 1940년대 초반 일본어로 소설을 써 보라는 이광수를 경멸하고 「독짓는 늙은이」
를 비롯한 10여 편의 소설을 정갈한 우리말로 써서 보관해 두었다. 당시로써는 발표할 기약도 없
는 상황이었다."

더워서 우와기를?

밤거리의 휘황찬란하거나 훤한 것을 보고 무심결에 이렇게 말한다.

"야, 삐까 번쩍하다!"
"정말 삐까 뻔쩍하네!"

그리고 미장원에서 자주하는 말로 '고데' 라는 말이 있다. 고데는 인두를 뜻하는 일본말이고 우리말로는 '지짐머리' 라면 된다.

가도집이라는 말은 각(角)자의 일본말과 집이라는 한국어가 합쳐져 만들어진 잘못된 말이므로 모퉁이집이라는 한국어로 바꿔써야 한다.

어느 교육원에서 교수가 연수생들을 상대로 강연을 하고 있었다. 강연 제목은 '글로벌 시대의 에치켓' 이었다. 그 교수는 한참 강연을 하다가 양복저고리를 벗으면서 말한다.

"더워서 우와기를 벗겠습니다."

글로벌 시대의 에티켓은 한국어로 '지구촌 시대의 예절' 이면 되고 '에치켓' 도 외국어 표기법대로 하면 '에티켓' 이라야 맞다. '우와기' 는 '상의(上衣)' 라는 뜻의 일본말이니까 우리말로 '윗도리' 나 '양복저고리' 라고 해야 옳다. 누가 누굴 가르치는지? 스스로 제대로 알고 가르쳐야지 '에치켓' 과 '우와기' 라는 명칭을 사용하는 글로벌 시대의 강의를 과연 들어야 하는 것일까?

매년 봄 경남 진해에서는 '군항제', '벚꽃축제' 가 열린다. 축제는 마츠리(祭)라는 일본 풍속에서 비롯된 것이므로 우리 정서와는 맞지 않는다. '잔치', '한마당', '놀이' 로 바꿔야 한다. 잘못된 과거의 말은 과감히 바꾸어야 우리말이 산다. 철학자 '칼라일' 의 말이다.

"경험은 최고의 교사이다. 다만 수업료가 지나치게 비싸다고 할 까……!"

건설 분야의 일본어

건설 분야는 아직도 일본어투 용어가 널리 쓰이고 있다. 주고받는 대화가 일반인은 거의 알아듣기 어려운 형편이다. 예를 들어 '그는 비록 늙어 힘이 없다. 하지만 아직도 쌩쌩한 노가다 곤조(→ 근성)가 남아 있다.' 라는 문장을 살펴보자.

'노가다' 는 우리말에 침투되어 있는 일본말 중에 대표적이다. '노가다' 는 '도가타(土方)' 가 변한 말로 토목 공사에 종사하는 노동자나 인부를 말한다. 『국어 순화 자료집』은 '인부, 흙일꾼' 으로 순화하였고 '노가다' 의 우리말로 널리 쓰여 왔던 '(공사판) 노동자' 로 쓸 수 있다.

'흙일꾼' 은 '막일꾼' 으로 바꾸었다. 이것은 '노가다' 가 다소 뜻이 넓어져 꼭 공사 현장의 일뿐 아니라 막노동을 하는 사람까지도 두루 가리키게 되었기 때문이다. 물론 '막일꾼' 은 '흙일꾼' 의 뜻도 포함한다. '노가다(土方) → (공사판) 노동자, 막일꾼, 인부' 란 표현이 맞다.

'박씨는 요즈음 돈이 없어 생활하기가 힘들었다. 게다가 공사장 간조가 보름 간격으로 지급되고 있어 현금 없는 대부분의 인부들은 전표를 헐값에 팔아 일용품이나 함바의 숙식대로 치르고 있다.'

위의 예문에서 '간조' 는 '감정(勘定)' 의 일본식 발음으로 일한 대가로 받는 삯을 뜻한다. 우리말로 '품삯(셈), 노임 계산' 이라고 순화할 수 있다. '함바'는 일본어의 '함바'에서 온 말로써 '노무자들의 합숙소'를 의미하나 우리나라에서는 작업장 근처에서 운영하는 간이식당을 뜻한다. 『국어 순화 자료집』에서는 '함바'를 '현장 식당'으로 순화하였다.

건설 분야의 일본어식 말도 조속히 순화하여야 한다. 시인 바이런은 말했다.

"가장 뛰어난 예언자는 과거이다."

함바 → 현장 식당

일부 사전에서는 '함바'를 '밥집'으로 바꾸어 싣고 있다. 그러나 '밥집'은 넓게는 식당을 통틀어 이르고 좁게는 간단한 반찬과 함께 밥을 싼값으로 파는 식당을 가리키는 말이다. '함바'의 일반적인 의미와는 차이가 있다. 의미 면에서 '현장 식당'이 '함바'의 순화어로 더 적합한 말이다. '간조(勘定) → 품삯(셈), 노임 계산/ 함바(飯場) → 현장 식당'이 옳다.

일본어투 대부분의 용어는 전문적인 지식을 가지지 않고는 이해하기 어렵다. 우리 모두 쉬운 용어부터라도 우리말로 바꾸어 사용해야 한다.

신마에, 신마이 → 신출내기, 신참/ 구루마 → 수레, 달구지/ 단가 → 들것/ 나라시 → 고르기(지나라시) → 땅 고르기/ 시키나라시 → 펴 고르기/ 시마이 → 끝냄, 끝남, 마감, 끝(마침)/ 하코방 → 판잣집

얼마 전 일본 요코하마 전시회에 다녀왔다. 현지인들이 주고받는 대화를 이쪽에서 상당 부분을 알아들을 정도로 일본어투는 우리 생활 속 깊이 파고들어 있었다.

아다라시 → 처음/ 앗싸리 → 화끈하게/ 사요나라 → 안녕/ 시마이 → 마무리/ 기마이 → 선심/ 와쿠 → 틀/ 와리바시 → 젓가락/ 요지 →

이쑤시개/ 뽀록나다 → 드러나다/ 삐끼 → 손님/ 지라시 → 선전지/
노견 → 갓길/ 망년회 → 송년모임/ 사양 → 설명/ 나라시 → 고루펴
기/ 기스 → 흠/ 마후라 → 소음기/ 쇼바 → 완충기/ 쓰봉 → 양복바지/
대금 → 값 등이다.

생활 속의 일본어

　일본의 압제를 겪으면서 생활 속에 깊이 파고든 일본어의 침투. 식생활 분야에도 아직도 일본어 투의 용어가 널리 쓰이고 있는 실정이다. 우선 식생활 분야의 일본어 투 생활 용어에 대해 알아보고 그에 대한 순화어를 생각해 보기로 한다. 다음은 일식집에서 흔히 볼 수 있는 대화의 한 장면이다.

　A: 오늘 사시미는 참 좋은데.
　B: 음, 괜찮군.
　A: 그럼 식사나 할까? 아주머니, 여기 탕은 지리로 해 주세요. 그리고 와리바이시하고 요지도 좀 주세요.
　B: 오늘은 자네 덕분에 맛있게 먹었네. 다음번엔 스키야키 잘하는 집으로 내가 안내하지.

　우리말에 침투되어 있는 일본어투 용어는 다음의 다섯 가지 유형으로 분류할 수 있다. ① 순 일본어(이지메, 앙꼬 등), ② 일본식 한자어(고수부지, 망년회 등), ③ 일본식 발음의 서구 외래어(쓰레빠, 사라다 등), ④ 일본식 조어의 영어(올드미스, 포볼 등), ⑤ 이들의 혼합형(만땅, 요비린) 등이 그것이다.
　예문에 제시된 '사시미, 지리, 스키야키' 등은 이 가운데 첫 번째 유형인 순 일본어의 예이다. 특히 이러한 순 일본어들은 내가 근래 일본을 수시로 방문하며 식당에서 피부로 느끼는 말이다. 현지인들의 일본어 대화를 알아들을 수 있을 정도로 깊이 들어와 있었다.

생활 속 일본어 투

우리가 생각없이 흔히 말하는 일본어 투이다. 각별히 유의해야 한다.

가라 → 가짜/ 가오 → 체면/ 가타 → 불량/ 구사리 → 핀잔/ 나가리 → 유찰/ 나라비 → 줄서기/ 모치 → 찹쌀떡/ 사라 → 접시/ 소데나시 → 민소매/ 시다바리 → 보조원/ 야미 → 뒷거래/ 에리 → 깃/ 엔꼬 → 바닥남/ 우와기 → 윗도리/ 유도리 → 융통/ 이지메 → 집단 괴롭힘/ 헤라 → 구두주걱/ 후카시 → 폼재기/ 히마리 → 맥/ 호로 → 덮개

또 순 일본어로 볼 수 있는 말이다.

건세이 → 견제/ 다이 → 대/ 뎃빵 → 철판/ 만가 → 만화/ 쇼부 → 결판/ 신삥 → 새것, 신품/ 와이로 → 뇌물, 회뢰 등 처럼 한자어를 일본 한자음으로 읽은 것이 많다.

또 잘못 쓰는 일본식 한자어이다.

가봉 → 시침질/ 거래선 → 거래처/ 견양 → 본, 보기/ 견출지 → 찾음표/ 고참 → 선임/ 과물 → 과일/ 구보 → 달리기/ 급사 → 사환/ 기라성 → 빛나는 별/ 기중 → 상중/ 대절 → 전세/ 매점 → 사재기/ 보

합세 → 주춤세/ 복지 → 양복감/ 용달 → 심부름/ 수순 → 차례/ 익일 → 다음날/ 제전 → 잔치/ 지입 → 갖고 들기/ 지참 → 지니고 옴/ 취조 → 문초/ 십팔번 → 단골노래/ 택배 → 집배달/ 하구언 → 강어귀 둑/ 양생 → 굳히기/ 수입고 → 수입량/ 수입 → 손질 등이다.

스스로의 오류의 짐을 덜자. 탈무드는 이렇게 말했다.

"자기에게 가장 좋은 선생은 자기이다. 그처럼 제 자신을 잘 알고 그처럼 깊이 제 자신에게 동정하고 그처럼 세차게 채찍질하는 선생은 없다."

일본식 발음의 서구 외래어 – 하나

일본어 투 용어 가운데는 일본식 발음의 서구 외래어가 많다.

고뿌(kop → 잔)/ 란도셀(ransel → 멜빵 가방)/ 렛테루(letter → 상표)/
뻥끼(pek → 페인트)/ 엑키스(extract → 진액)/ 자몽(zamboa → 그레이
프프루트)/ 조로(jorro, 포르투갈식 → 물 뿌리개) 등.

네덜란드어나 포르투갈어에서 유래한 일본식 발음의 서구 외래어
가 많다. 그러나 요즘 들어서는 영어에서 유래한 일본식 발음의 서구
외래어가 많다.

공구리(concrete → 양회반죽)/ 다스(dozon → 열 두 개)/ 다시(dash →
줄표)/ 도랏쿠(truck → 화물차)/ 마후라(muffler → 소음기)/ 바케쓰
(bucket → 들통, 양동이)/ 반도(band → 띠)/ 밤바(bumper → 완충기)/
밧테리(battery → 건전지)/ 빠꾸(back → 후진)/ 빠찌(badge → 휘장)/ 샷
시(sash → 창틀)/ 셔터(shutter → 덧닫이)/ 쓰레빠(slipper → 실내화)/ 조
끼(jug → 잔)/ 카타로구(catalogue → 일람표)/ 화이바(fiber → 안전모)/
후룻쿠(fluke → 엉터리, 어중치기)/ 사라다(salad → 샐러드)/ 주부(tube
→ 튜부) 등.

이 단어들은 우리가 무심코 사용하는 외래어 표기법과 관련하여 각별한 주의가 필요하다. 아래의 말들을 살펴보자.

공구리 → 콘크리트/ 다시 → 대시/ 도랏쿠 → 트럭/ 마후라 → 머플러/ 반도 → 밴드/ 밤바 → 범퍼/ 빠찌 → 배지/ 샤다 → 셔터/ 샷시 → 새시 등으로 정확하게 표기해야 한다.

일본식 발음의 서구 외래어 - 둘

우리가 생활 속에서 무심히 사용하는 가짜 영어의 대부분은 일본식 영어에서 기인한다. 아래를 살펴보자.

난닝구(running shirt → 러닝셔츠)/ 도란스(transformer → 변압기)/ 레지(register → 다방 종업원)/ 멜로(melodrama → 통속극)/ 빵꾸(puncture → 구멍)/ 스뎅(stainless → 안녹쇠)/ 에로(erotic → 선정)/ 오바(overcoat → 외투)/ 미숀(transmission → 트랜스미션)/ 뻬빠(sandpaper → 사포)/ 홈(platform → 플랫폼)/ 레미콘(readymixed concretc → 회반죽)/ 리모콘(remote control → 원격 조정기)/ 쇼바(shock adsorber → 완충기)/ 퍼스컴(personal computer → 개인용 컴퓨터)/ 리야카(rear car → 손수레)/ 백미라(back mirror → 뒷거울)/ 올드미스(old miss → 노처녀)/ 워카(walker → 군화) 등이다.

그리고 일본어 투 용어 중에는 순 일본식 한자어, 일본식 발음의 서구 외래어, 일본식 영어 등이 서로 섞여 있다. 특히 일본어 투 용어가 우리말(순 우리말, 한자어)과 뒤섞인 경우에는 우리말로 잘못 인식되기도 한다.

닭도리탕 → 닭볶음탕/ 모치떡 → 찹쌀떡/ 비까뻔쩍하다 → 번쩍번

쩍하다/ 뽀록나다 → 드러나다/ 세무가죽 → 세미가죽/ 수타국수 → 손국수/ 왔다리 갔다리 → 왔다 갔다/ 가게표 → 가위표/ 곤색 → 감색/ 만땅 → 가득/ 세라복 → 해군복/ 소라색 → 하늘색/ 야키만두 → 군만두/ 전기다마 → 전구/ 가라오케 → 녹음반주/ 십팔번(일본 가부키의 18번째의 인기 있는 노래) → 애창곡, 단골노래/ 가라쿠 → 민쿠션치기/ 가오마담 → 얼굴마담/ 반쓰봉 → 반바지 등이다.

순 일본말이 한글로 전이된 사례

아래의 말들은 순 일본말이지만 알면서도 쓰고, 또 몰라서도 쓴 것들이다. 꼼꼼히 살펴보고 이제부터라도 순화어로 사용하여야겠다.

가께우동(かはうとん) → 가락국수/ 다대기(たたき) → 다진 양념/ 단도리(だんどり) → 준비, 단속/ 단스(たんす) → 서랍장, 옷장/ 데모도(てもと) → 허드레 일꾼, 조수/ 뗑깡(てんかん) → 생떼, 행패, 어거지/ 뗑뗑이 까라(てんてんがら) → 점박이 무늬, 물방울무늬/ 똔똔(とんとん) → 득실 없음, 본전/ 마호병(まほうびん) → 보온병/ 멕기(めっき) → 도금/ 분빠이(ぶんぽい) → 분배, 나눔/ 사라(さら) → 접시/ 셋셋세(せっせっせ) → 짝짝짝, 야야야(셋셋세, 아침 바람 찬 바람에⋯⋯ 우리가 흔히 전래동요로 아는 많은 노래들이 실제론 2박자의 일본 동요)/ 시보리(しぼり) → 물수건/ 아나고(あなご) → 붕장어/ 아다리(あたり) → 적중, 단수/ 오뎅(おでん) → 생선묵/ 와사비(わさび) → 고추냉이 양념/ 우라(うら) → 안감/ 우와기(うわぎ) → 저고리, 상의/ 유도리(ゆとり) → 융통성, 여유/ 이빠이(りっぱい) → 가득/ 자바라(じゃばら) → 주름물통/ 짬뽕(ちゃんぽん) → 뒤섞음/ 후까시(ふかし) → 부풀이, 부풀머리/ 히야시(ひやし) → 차게 등이다.

금방 뽀록날 일을 가지고 뗑깡을 부리는 일본

　오래전부터 저 푸르고 맑은 동해물 앞바다에 독야청정 외롭게 떠 있는 고도의 섬 독도를 놓고 일본사람들이 종종 우리의 뇌관을 건드린다. 속상하다. 생각할수록 속이 상하지만 이런 때일수록 차분히 우리 주변을 둘러보아야 한다.

　흔한 말로 나를 알고, 우리를 알고, 나라를 알아야 세계를 안다고 한다. 요컨대 국가와 한민족 정체성에 대한 중요한 대목이다.

　우리의 적은 멀리 있는 것이 아니라 우리의 앞마당과 옆구리에 차고 있으며, 우리들 생활 속 깊은 말투에 은밀하게 침투하여 지속적으로 활동 중이다. 그 적들은 가오(체면)를 잡고 후까시(부풀이)로 나래비(줄)를 서서 기라성(빛나는 별)같이 밤과 낮 구분 없이 활개를 치고 있다.

　섬나라 사람들이 난닝구(런닝) 바람에 금방 뽀록(들어남)날 일을 가지고 엄연한 바른 역사를 자꾸만 후까시(부풀이)를 이빠이(가득) 넣고 거짓이 통하지 않을 푸른하늘 아래 해맑은 동해바다에서 뗑깡(생떼)를 부리고 있는 것이다.

　이들을 아싸리(화끈하게) 쇼부(결판)를 내고 시마이(마무리) 하는 방법은 우리들의 생활 속에 깊이 뿌리 내린 일본말과 글을 쏙(!) 뽑아내야 독도문제는 동해의 푸른물처럼 해갈이 된다. 동해물과 백두산이 마르고 닳도록 길이 보전해야 할 5천년 유구한 우리의 한국어를 제대로 알아야 나라와 민족이 산다.

고바위와 후까시, 지금도 사용하시나요?

겨울철에는 눈이 많이 내려 아름다운 대전의 보문산 도로를 오르기가 쉽지 않다. 가다가 멈춰 서면 출발하기 어렵다. 이때 옆자리에 앉아서 이렇게 말한다.

"고바위에서 후까시 이빠이 하면 안 돼?"
"언덕에서 출발할 때 가속 페달을 강하게 밟지 말라."

아래의 말로 순화 사용해야 한다.

'고바위'는 '높은 바위'를 연상해 우리말로 알고 있으나 '언덕'을 뜻하는 일본어 '고바이'에서 온 것이다. '후까시'는 '엔진을 회전시키다'라는 뜻을 가진 일본어이고, '이빠이'는 '많이', '가득'을 뜻한다. 일본말의 '오라이'는 영어의 'all right'이고, 우리말로는 아주 좋다는 뜻이다. '빠꾸'는 영어 'back'이고 후진이라는 말이다. 외래어를 사용하려면 제대로 알고 사용해야 한다.

이 밖에도 차와 관련해 자신도 모르게 사용하는 일본어가 많다. 기름이 떨어지면 '엥꼬'가 났다고 한다. 주유소에서 기름을 가득 채워 달라고 할 때는 '만땅'이란 말을 쓴다. 주차를 도와줄 때 흔히 소리치는 말이 있다.

"그 조시로 빠꾸 오라이!"

"그 상태로 하여 뒤로 진행!"

이렇게 순화해 사용해야 한다. '조시'는 '상태'를 뜻하는 일본어이다. 시대는 바뀌었다. 광복 후 그렇게 벼르던 '친일진상규명특별법안'이 국회를 통과했다. 일제의 잔재를 청산하려면 우리말에 깊이 파고든 일본말부터 과감히 버려야 한다.

일본말에 덧씌운 우리말

날이 더우면 소매 없는 셔츠를 입는 여성이 많다. 이때 이 옷을 흔히 '나시'라고 부른다. 나시는 '소매없음'을 뜻하는 일본어 소데나시(袖無, そでなし)의 줄임말이다. 이것은 '민소매'라는 예쁜 우리말로 고쳐 쓸 수 있다.

'무데뽀'란 말을 한국어라고 착각하는 사람이 많다. 이 말은 무철포(無鐵砲, むてっぽう)라는 일본어이다. 내용에 따라 '무모(하게)', '저돌적(으로)', '막무가내', '무턱대고' 등으로 사용할 수 있다.

무데뽀의 사촌동생쯤되는 '데뽀(鐵砲, てっぽう)'라는 말도 있다. '구라(くら)'라고도 하며 엄포, 거짓말, 협박의 뜻이다. 본래 '데뽀(鐵砲)'는 일본에서 주로 '소총'을 일컫는다. 그래서 일단 '쏘고 보자'는 말이 나온 것이 아닐까. '데뽀'에 대한 순화어는 아직 없다. 광고인들 사이에서 '데뽀'란 말이 잘 쓰인다. 광고주의 사전 승인이나 협의 없이 매체가 일방적으로 광고를 제작 · 게재하고 요금을 청구하는 행위를 일러 '데뽀친다', '데뽀쳤다', '데뽀', '데뽀광고'라고 표현한다. 이 경우 광고주가 광고료 지불을 거부하면 광고료를 받지 못한다.

'기라성(綺羅星)'은 본래 우리말이 아니다. 'きらきら'는 반짝반짝이라는 뜻이므로, 'きら+星(ほし) → 기라성(きら星: きらぼし) → 綺羅

星'으로 써버린 것이다. 그래서 '기라성 같은', '쟁쟁한', '유명한', '뛰어난', '우뚝한' 등으로 바르게 사용하면 얼마나 좋단 말인가!

"오, 한국어에 빌붙어 덧씌운 녀석들 게 물렀거라!"

내 차, 기름 만땅이오

요즘은 자동차 만능주의이다. 따라서 주5일 근무제에 따라 자동차를 가지고 너도 나도 야외로 나간다. 이때 주유소에 도착하면 대부분 이렇게 말을 주고받는다.

"손님, 만땅 넣어 드릴까요?"
"내 차 엥꼬 직전이오, 기름 만땅 넣어줘요!"

여기서의 '만땅(満タンク)' 과 '엥꼬(えんこ)' 는 일본말이다. 본래 '만땅' 은 한자어 '만(満)과 영어 탱크(tank)' 가 일본에서 조합되어 일제강점기 때 한국에 상륙하였다.

"손님, 기름 가득 넣어 드릴까요?"
"내 차 기름이 떨어지기 직전이에요. 그러니 기름 가득 채워 주세요!"

이 말이 얼마나 품위 있고 아름다운 말인가! 그리고 만땅과 가까운 말이 있다. '잇파이, 입빠이(一杯, いっぱい)' 라는 말이다. 이 말도 일본말이다. 우리말로 '가득, 많이' 등으로 바꿔 순화용어를 사용해야 한다. 또 자동차 '엑세레다' 라고 많이 하는데 액셀러레이터, 가속기라고 해야 한다. '엑세레다를 이빠이 밟고…' 라는 말을 '자동차 엑셀

러레이터(가속기)를 한껏 밟고…' 라고 사용하면 얼마나 좋으랴!

자동차 회사에서 이런 일본말을 사용하는지에 대하여 운전자 1천
명에게 물었다. 그랬더니 결과는 7~8백 명이 별 생각 없이 늘 사용한
다고 대답했다고 한다.

어느 사회단체에서 1천 명의 사회지도층 인사에게 물었다. 가장 존
경하는 역사인물이 누구냐? 이 가운데 7~8백 명이 '성웅 이순신 장
군'과 우리말 한글을 창제하신 '세종대왕'을 뽑았다.

한글의 엔코

운전자가 자동차에 기름이 다 떨어지면 흔히 이렇게 말한다.

"내 차 '엥꼬(えんこ)' 야?"

이 말은 외래어 표기법으로는 엔코가 옳다. 이 말은 본래 일본에서 어린 아이가 방바닥에 주저앉아 움직이지 않는 것을 가리키는 말이다. 그러나 여기에서 확대되어 전차나 자동차가 고장이 나서 움직이지 못할 때 버릇처럼 사용하는 말로 쓰인다.

'엥꼬(엔코)' 라는 말이 현해탄을 건너와 우리나라에 와서 잘못 사용되고 있는 실정이다. 엥꼬라는 말을 '연료가 바닥이 나다', '물건이 다 떨어지다' 로 사용하면 좋을 것이다.

우리는 별 생각 없이 자동차 연료통에 기름이 바닥나면 엥꼬라고 한다. 우리말로 '기름이 다 떨어졌다', '기름이 바닥나다' 라고 사용하면 좋을 것이다. 저러다 한국어가 엔코되면 어쩌려고 저럴까?

또 운전자들이 잘 사용하는 용어들은 다음과 같다. 자동자를 빠꾸(バック, 영: back) → 뒤로, 후진/ 모도시(もどし) → 되돌림, 되돌리기, 오이코시(おいこし) → 앞지르기/ 마후라(マフラー, 영: muffler) → 머플러 등으로 고쳐써야 한다.

가랑비에 옷 젖는다는 말이 있다. 슬금슬금 현해탄을 건너와 침투한 일본말이 삼천리 금수강산을 덮더니 언제부터인가 일본이 독도를 자기네 땅이라 하고, 동해를 일본해라고 하며 기웃거린다.

　세계를 향하여 자위대를 통한 부국강병을 외치는 저들이기에…….

"여기가 한국인지, 일본인지……?"

우리 음식과 관련된 언어생활 중에 음식에 아직도 일본어 찌꺼기가 많이 남아 있다. 이 가운데 '다시, 닭도리탕, 와사비, 아나고, 모찌, 사라다, 와리바시' 등이 그 예이다. '다시'는 멸치, 다시마, 조개 따위를 넣어 끓인 국물을 말하는데, 흔히 '다시를 낸다'고 한다. '다시'는 일본말이므로 '맛국물'로 사용하는 게 좋다.

'닭도리탕'의 '도리(鳥·とり)'는 새를 가리키는 일본말이다. 닭도리탕이란 말은 한국어와 일본말을 혼합해서 만든 말이다. 한국어로는 '닭볶음탕', '닭볶음'이라고 해야 좋다. 일본어 '도리'와 결합한 '닭도리탕'은 '닭+닭(도리) 탕(湯)'이 되어 의미상 겹말이다.

화투놀이 '고도리'가 있다. '다섯+새'가 있다는 말이다. 화투짝 매조(한 마리), 흑싸리(한 마리), 공산(세 마리) 석장에 도무 다섯 마리의 새가 그려져 있어 일본어로 '고도리(五鳥·ことり)'라고 한다.

횟집에 가면 온통 일본어 천지이다. '사시미'는 생선회, '쓰키다시'는 (기본)반찬, '사라'는 접시, '와사비'는 고추냉이, '아나고'는 붕장어, '와리바시'는 젓가락, '뎀뿌라'는 튀김, '요지'는 이쑤시개로 순화하여 사용해야 한다.

예전에 일본 요코하마 식당에 가서 생선회를 먹는데 별도의 일본말이 필요 없을 정도였다. 우리나라 횟집에서 사용하는 일본어로 말하니까 서로 자연스럽게 통용이 되었다.

"여기가 한국인지, 일본인지……?"

일본식 한자말 – 하나

    일본식 한자말은 일제강점 후 일상용어조차도 일본식으로 말하도록 하면서 사용되기 시작하였다. 그리고 우리의 사회지도층이나 유약한 지식인들이 학문적 여과 없이 받아들여 오늘날 일본식 한자말이 도처에 널브러져 있다. 이를 다시 순화하여 우리말로 바르게 사용하자.

    각서(覺書, おぼえがき) → 다짐글, 약정서/ 계주(繼走, けいそう) → 이어달리기/ 고지(告知, こくち) → 알림, 통지/ 고참(古參, こ-さん) → 선임자/ 공임(工賃, こうちん) → 품삯/ 공장도가격(工場渡價格, こうじょうわたしかかく) → 공장 값/ 구좌(口座, こう-ざ) → 계좌/ 기중(忌中, きちゅう) → 상중(喪中 : 기(忌)자의 뜻은 싫어하다, 미워하다 이며, 상(喪)자는 죽다, 상제가 되다라는 뜻이다.)/ 기합(氣合, きあい) → 혼내기, 벌주기/ 납기(納期, のうき) → 내는 날, 기한/ 납득(納得, なっとく) → 알아듣다, 이해/ 낭만(浪漫) → 로망(Romance : 낭(浪)자는 물결, 파도란 뜻이고, 만(漫)자는 넘쳐흐르다라는 뜻이다.)/ 내역(內譯, うちわけ) → 명세/ 노임(勞賃, るうちん) → 품삯/ 대금(代金, だいきん) → 값, 돈/ 대절(貸切, かし-きり) → 전세/ 내하(大蝦, おおえび) → 큰 새우/ 대합실(待合室, まちあいしつ) → 기다리는 곳, 기다림 방/ 매립(埋立, うめ-たて) → 매움/ 매물(賣物, ういもの) → 팔 물건, 팔 것/ 매상고(賣上高, ういあげ だか) → 판매액.

일본식 한자말 - 둘

우리가 현재 생각 없이 사용하는 일본식 한자말이 많다. 모르고 사용한다면 우리말 공부가 부족한 것이고, 알고도 사용한다면 바람직스런 일이 아니다. 세종대왕이 우리 민족이 사용도록 만든 자랑스러운 한국어가 있으니 이를 바르게 잘 사용하자.

매점(賣占, かいしぬ) → 사재기/ 매점(賣店, ばいてん) → 가게/ 명도(明渡, あけわたし) → 내어줌, 넘겨줌, 비워줌/ 부지(敷地, しきち) → 터, 대지/ 사물함(私物函, しぶつかん) → 개인 물건함, 보관함/ 생애(生涯, しょうがい) → 일생, 평생/ 세대(世帶, しょたい) → 가구, 집/ 세면(洗面, せんめん) → 세수/ 수당(手當, てあて) → 덤삯, 별급(別給)/ 수순(手順, てじゅん) → 차례, 순서, 절차/ 수취인(受取人, うけとりにん) → 받는 이/ 승강장(昇降場, しょうこるば) → 타는 곳/ 시말서(始末書, しまつしょ) → 경위서/ 식상(食傷, しょくしょう) → 싫증남, 물림/ 18번(十八番, じゅうはちばん) → 장기, 애창곡(일본 가부키 문화의 18번째)/ 애매(曖昧, あいまい) → 모호 ('애매모호'는 중복된 말)/ 역할(役割, やくわり) → 소임, 구실, 할 일/ 오지(奧地, おくち) → 두메, 산골/ 육교(陸橋, りっきょう) → 구름다리(얼마나 아름다운 낱말인가?)/ 이서(裏書, うらがき) → 뒷보증, 배서.

또 우리가 자주 사용하는 말 가운데 '이조(李朝, りちょう)'는 조선(일본이 한국을 멸시하는 의미로 이씨(李氏) 조선(朝鮮)이라는 뜻의 이조라는 말을 쓰도록 했음) 으로 고쳐써야 한다.

일본식 한자말-셋

한자말을 씀으로써 말을 줄일 수 있는 경우가 있다. 그러나 어떤 말은 실제 한국어보다 길다. 그 예로 강턱(高水敷地), 공장 값(工場渡價格) 등은 오히려 한국어가 말도 짧고 이해도 쉽다. 또 다른 낱말인 매점(賣占, 賣店)의 경우도 사재기, 가게라는 말이 이해하기 쉽다. 아름다운 우리말, 우리글을 사용하자.

인상(引上, ひきあけ) → 올림/ 입구(入口, いりべち) → 들머리('들어가는 구멍'이라는 표현은 우리 정서에 맞지 않는다. 오히려 '들어가는 머리'라는 말이 얼마나 정겨운가?)/ 입장(立場, たちば) → 처지, 태도, 조건/ 잔고(殘高, ざんだか) → 나머지, 잔액/ 전향적(轉向的, まえきてきむ) → 적극적, 발전적, 진취적/ 절취선(切取線, きりとりせん) → 자르는 선/ 조견표(早見表, はやみひょう) → 보기표, 환산표/ 지분(持分, もちふん) → 몫/ 차출(差出, さしだし) → 뽑아냄/ 체념(諦念, ていねん) → 단념, 포기/ 촌지(寸志, すんし) → 돈 봉투, 조그만 성의(마디 촌(寸), 뜻 지(志)를 쓴 좋은 단어의 말이지만 실제론 일본말이다)/ 추월(追越, おいこし) → 앞지르기/ 축제(祝祭, まつり) → 잔치, 모꼬지, 축전(우리나라는 원래 잔치에 제사 '제(祭)'는 쓰지 않았다. 잔치와 제사는 다른 것이다)/ 출산(出産, しゅつざん) → 해산/ 할증료(割增料, ねりましきん) → 웃돈/ 회람(回覽, かいらん) → 돌려 보기.

일본식 영어

유독 일본인들은 영어 발음에 취약하다. 일본인 특유의 엉터리 발음이 기어이 우리나라 땅에 일제 강점기 때부터 들여놨다. 우리도 이를 무심코 받아들여 잘못된 엉터리 영어를 지금껏 사용하고 있다니 수치이다. 이제라도 바로잡아 바른 영어나 우리 한글을 사용하자.

다스(dosen) → 타(打), 묶음, 단/ 돈까스(豚, pork-cutlet) → 포크 커틀 릿, 돼지고기튀김

발음이 너무 어려워 이상하게 변형시킨 대표적인 예는 다음과 같다.

레자(leather) → 인조가죽/ 맘모스(mammoth) → 대형, 매머드
메리야스(madias : 스페인어) → 속옷/ 미싱(sewing machine) → 재봉틀/ 백미러(rear-view-mirror) → 뒷거울/ 빵꾸(puncture) → 구멍, 망치다/ 뼁끼(pek : 네덜란드어) → 칠, 페인트/ 스덴(stainless) → 녹막이, 스테인리스/ 엑기스(extract) → 농축액, 진액/ 오바(over coat) → 외투
자꾸(zipper, chuck) → 지퍼/ 조끼(jug) → 저그(큰 잔, 주전자, 단지)/ 츄리닝(training) → 운동복, 연습복/ 함박스텍(hamburg steak) → 햄버그 스테이크/ 후앙(fan) → 환풍기.

청소년의 은어와 영어

"어린이를 불행하게 하는 가장 확실한 방법은 언제든지, 무엇이라도 손에 넣을 수 있게 내버려
두는 것이다.

— '루소' 의 어록 중에서

청소년 은어들

시대는 말을 낳고 말은 시대를 낳는다고 했던가. 근래에도 우리 사회와 정치, 문화현상을 꼬집는 많은 신조어들이 생겨났다.

온라인에만 접속하면 욕쟁이가 되는 사람을 가리키는 말이 '욕티즌'이다. 로또를 즐기는 네티즌을 '로티즌'이고 한다. '겜티즌'은 게임을 즐기는 네티즌, '섹티즌'은 성인사이트를 즐기는 사람, '캐티즌'은 인터넷 방송을 즐기는 사람, '악티즌' 안 좋은 인터넷만 즐기는 사람, '안티즌'은 싫어하는 말을 인터넷에 올리는 사람, '뮤티즌'은 영화만을 보는 사람 등이다.

'반통령(半統領)'이란 말은 대통령 역할을 잘못하는 사람을 일컫는다. '부시즘'은 전쟁으로 인하여 문제를 해결하려는 미국 부시 대통령을 비꼰 말이다. '네타티즘'이란 모든 문제의 원인을 남의 탓으로만 돌리는 세태를 반영하는 말이다.

'검사스럽다'는 젊은 검사들과 대통령이 대화를 주고받은 자리에서의 당당한 검사들의 태도를 말한다.

'몸짱'은 몸매가 최고라는 은어이고, '얼짱'은 얼굴이 잘 빠졌다는 얘기이며, '딸녀'란 미모의 한 여성이 딸기를 들고 있는 모습을 표현한 말이다. 한 때 이 사진이 인터넷에 떠돌며 만들어진 유행어로써 각종 패러디된 합성사진이 한 때 인터넷 창을 도배하다시피 했다. 또 돈이 많은 사람을 '돈짱'이라고 하며, 강도 짓을 해서 현상수배된 예쁜 여자를 '강짱'이라고 했다. 그러나 강짱에는 문제가 있다. 나쁜 짓을 하는 강도를 언어의 상종가에 편승시켜야 하느냐하는 반론이 있다.

1318세대의 은어 – 하나

1318세대는 1993년 이후의 출생자로써 13~18세의 중·고등학생이다. 그야말로 꽃 피는 것만 봐도 웃음이 나고 세상에 무서운 것이 없을 정도로 활달하며 사기충만한 청춘예찬 시절이다.

이들은 WANT(Wide Active New Teenager)세대이다. 이 뜻을 풀어보면 이렇다. 대다수의 커뮤니케이션을 주도하고(Wide), 온라인과 오프라인을 거침없이 넘나들며 자유롭게, 열정적으로 행동하며(Active), 새로움과 다양함을 열망하는 새로운 10대(New Teenager)라는 뜻이다.

또한 중의적인 의미로 1318세대의 꿈을 상징하고 있다. 이들 세대가 즐거움이라는 코드를 통해 끊임없이 새로움과 다양함을 원하고 갈망하기 때문이다.

이들이 사용하는 즐(즐김), 뤠뤠(짜증), 대략난감(난감), 열공(열심히 공부) 같은 축약된 문자들이 재미있다

예를 들어보자. '림글' 은 돌림글, 딸림글(달림글, 註釋, 細注), 알림글, 일림글(일깨우는 글), 날림글, 빌림글 따위를 축약한 것이다.

1318세대의 언어들이다. 다크샘플러는 게임 '스타크래프트' 에서의 다크템플러에서 유래한 말이다. 학교에서 말 없이 조용하며 흔적이 없는 아이들을 뜻한다.

담치기는 학교에서 지각했을 때 아무도 모르게 소리 없이 담을 넘

어가는 행위이다. 이를 테면 "이런, 늦었다. 담치기닷!"

반따는 '왕따' 와 흡사한 말로서 반에서 따돌림 당한다, '전따' 는 전교적으로 따돌림 당한다라는 뜻이다.

1318세대 - 둘

우리나라 미래의 주인공이자 우리들의 희망둥이인 1318세대. 이들의 언어가 표준어도 아니고 한국어 공부의 중요한 자료는 아니다. 그러나 이들이 주고받는 언어 속에 나름대로의 문화가 있다. 이 중에 몇몇 단어들은 훗날 표준어로 정착되거나 한국어 사전에 오를 수도 있기에 흥미를 가져보자. 1318 세대 '즐' 속에 앙증스럽게 서려 있는 언어들이다.

즐(즐김), 뛔뛔(짜증), 대략난감(난감), 열공(열심히 공부) 같은 축약된 문자 조합을 사용하며 즉각적인 반응에 익숙한 'WANT(Wide Active New Teenager)' 세대이다.

• 고삼고삼하다 : 흔히들 18~19세 말기의 청소년들에게 80% 이상 나타나는 증세를 뜻한다. 16~17세 때까지는 막 까불다가는 갑자기 조용해진다. 고삼고삼하다는 주변 어른과 선생님, 부모님에게 고분고분해지는 것을 말한다.

• 까락 : '폼'과 유사어, 주로 양아치들을 가리키는 말이다.

• 깔룽 : 멋진, 쌈빡한의 의미로 사용, '쌀룽'도 비슷한 의미이다.

• 로그인쇼 : MSN 폐인들이 주로 하는 놀이로서 로그인과 로그아웃을 반복적으로 아무 이유 없이 행하는 것을 일컫는다.

• 와리 : 어떠한 집단이나 무리의 우두머리를 뜻한다.

• 림글: 서로 친분이 있는 여러 커뮤니티에 같은 내용의 글을 올리는 것. 예문) 너 오늘 림글 돌릴 거야?

• 수졸림 : 수학시간의 졸림이란 뜻이다. 예문) 아까 수졸림 때문에 죽는 줄 알았어.

• 온구 : 온라인 친구. 예문) 어제 나 온구 만났어.

• 즐 : 무시하다, 꺼져, 엿 먹이다, 나가 죽어, 너 혼자 놀아라, 닥쳐, 웃기네 등 '즐' 이란 말은 상황에 따라 다양한 의미로 쓰인다.

1924세대

1924세대는 19~24세의 연령층. 1980년 이후 출생하여 인터넷이 본격적으로 보급되기 전에 유행했던 컴퓨터 통신(하이텔, 천리안 등)을 통해 네트워크를 경험한 세대이다. 이들의 은어를 살펴보자.

• 까데기 : 일종의 부킹, 나이트 이외의 장소에서 즉석 만남을 주선할 때 쓴다. 오늘 놀러가서 까데기 한 판 할까?

• 꽁냥꽁냥해 : 기분이 우울하거나 다운될 때 쓰는 말이다.

• 데굴리나, 데굴스키 : 방에서 데굴거리는 '방콕족'을 이국적으로 지칭하는 표현이다.

• 땔룽 : 미묘한 자신의 감정을 표현하는 말, 약간 우울하다는 말과도 일맥상통한다.

• 료수님 : 교수에게 원하는 게 있을 때 나오는 애교 있는 표현. '교수님'의 상위급 어휘이다.

• 몇시야 : 소개팅 하는 친구에게 전화를 하여 상대방에 대해 물어보는 표현. '그 남자 어때?' 혹은 '그 여자 어때?'의 의미. 대답할 때 1시는 최악, 12시는 최상급으로 표현. 예문) 야 몇시냐?/ 휴~3시다! (별로 맘에 안 든다는 뜻)

• 물고기방 : PC방을 뜻한다. 물고기가 영어로 'FISH'(발음할 때 피시라고 읽는다)기 때문이다.

• 알바 : 인터넷에서 게시판 성격과 맞지 않는 글(광고, 비방, 욕설 등)을 삭제하는 일을 하는 사람이다. 예문) 알바 뭐하십니까? 25432글 빨리 삭제해 주세요!

• 원츄 : 매우 흡족하고 동조함을 표시하는 말이다.

• 커헉스럽다 : 매우 엽기적, '기가 막히다' 는 뜻이다.

• 할머나 : 만사를 귀찮아하는 여학생을 지칭, 마치 할머니 같다고 하여 '할머니' 가 변형된 말이다.

2535세대

2535세대는 20대 중반에서 30대 중반에 이르는 연령세대이다. 일, 취미, 또 자기관리에 바쁜 사람들이다. '노처녀', '노총각'이 아니고 혼자 당당히 서는 '싱글족'이다. 무슨 옷을 입고 어떤 식사를 할 것인지가 중요한 관심거리다.

- 고난이다 : 배탈이 나서 급히 화장실에 가고 싶을 때 쓰는 얌전한 표현한다.
- ㄷㅌ : 꼼꼼하고 철저한 직장 상사를 지칭, 읽을 때 '디티'이며 담탱이에서 유래했다.
- 버닝 : 무엇엔가 집중하는 모습, 영어 'burning'에서 비롯.
- 슈킹 : 소위 '등친다'는 뜻이다. 유흥업소의 손님들로부터 금품을 빼먹는 것을 말한다. 돈, 차, 시계, 집 등 품목은 다양하며 선수들은 '슈킹쳤다'고 말한다.
- 씨마이나 : 일 못하고 삽질만 하는 사원이 자조적으로 자학하거나 주변에서 불러주는 말이다. 이 말은 학점 C에서 유래했다.
- 아침이슬 : 아침햇살과 참이슬의 준말, 밤새워 소주(참이슬)를 마시고 다음날 아침햇살로 해장하는 것을 뜻한다. 예문) 어휴, 이번 주에는 아침이슬만 4번째야.
- 화랑도 : 花(꽃 화), 郎(사내 랑), 徒(무리 도). 순수한 우리말은 꽃

미남들의 모임. 나이 많은 여 선배나 어린 여자 후배들의 사랑과 관심을 듬뿍 받는다.

- 여친네 : 여자 친구의 친구.
- 남친네 : 남자 친구의 친구.
- 애친네 : 애인 친구.
- 그리그리하다 : 이 말은 친구들이나 동료들이 몸과 마음이 짝퉁인 그룹을 말한다. 우리 사회에 네 것 내 것이 아닌 그리그리한 따뜻한 이웃들이 많을 때 우리 사회는 아름다운 사회가 될 것이다.

모르면 꽐라?

버스를 타고 가는데 중학생 정도의 아이 둘이 대화를 한다.

"나 온구 만났는데 제크더라!"
"샹훼 하려고 했는데 그 온구가 싸쓩나 꽐라더라?"

이 말은 요즈음 청소년들이 주고받는 일반적인 대화이다. 외래어인
지 외계어인지 도무지 이해가 안 되는 말이다. 앞의 말을 해석하면 이
렇다.

"온라인 친구 만났는데 머리가 크더라."
"사랑하려고 했는데 짜증나는 바보이더라!"

1318세대들은 그들만의 독특한 문화가 있다. 이들 언어의 생산지는
학교와 인터넷이다. 이 가운데 '짜증나−싸쓩나', 'MSN−미소년'
'미친−미린, 매르친', '사랑해−샹훼', '황당하다−팡당쓰리고' 등
의 말들이 대표적이다. 재미있는 말은 '피자와 햄버거를 먹으면서 녹
슨 냄비를 들고 바보짓 한다'를 줄여 '피버노바'라고 하며 '어이없는
짓'이라는 뜻이다.
반면 1924세대의 은어는 실생활과 밀접하다. '딸기우유−월경',

'03-공포의 삼겹살', '머쉰-화장실', '보루네오-포르노', '식빵-생리대' 등이 그렇다. '뜰까-만나자, 놀러가자', '러브러브핑트-남녀가 사귀는 것', '쓰봉-성관계' 등 연애 관련 은어도 유난히 눈에 띈다. 인터넷 세대답게 온라인상에서 발생한 각종 감탄사도 빠지지 않는다.

언어 파괴 은어는 2535세대에서는 감소현상을 보이지만 재미있는 표현들을 살펴보자면, '시마이나', '초퀄(超Quality, 최고 완성도)', 회식이나 접대에 사용하는 '구좌', '꽁', '땡땡이', '슈킹', '에이스', '진상' 등이 있다.

청소년 인터넷 은어

1990년대 이후 컴퓨터 통신이나 인터넷 사용자가 폭발적으로 늘어나면서 온라인상에서는 네티즌 특히, 엔세대(N←Network 世代)라고 불리는 10대 청소년들이 만들어 사용하는 언어가 통용되고 있다.

이렇게 컴퓨터 통신이나 인터넷과 같은 온라인상에서 통용되는 언어를 통신언어, 채팅언어, 사이버 언어(사이버 은어), 인터넷 언어 등이라고 한다. 정확하게 이야기한다면 인터넷상의 통신 언어 정도가 맞을 듯하다. 그렇지만 일반적으로는 간결하게 통신 언어(통신어)라고 한다.

이와 관련하여 쌈짱, 겜짱, 노래방짱, 강짱, 돈짱 등은 모두 얼짱에서 시작된 신조어이다. 그러나 요새는 '짱 → 꽝'의 2차 패러디 과정으로 발전하고 있는 중이다. 얼꽝, 몸꽝, 쌈꽝, 겜꽝, 노래방꽝, 강꽝, 돈꽝 등으로 ~꽝은 화투놀이 광(光)에서 비롯된 말이다. 이들의 축약 언어는 이렇다.

어서오세요, 선생님 → 어솨요, 샘/ 반가워 → 방가/ 짜증난다 → 짱나 등이다.

또 소리나는대로 적는 경우도 있다.

어이없다 → 어이엄따/ 친구 → 띤구 등이다.

은어로는 '담임선생님 → 담탱(담임선생님)/ 당연하다 → 당근' 등 있다. 그리고 단어 형태 바꾸기로 '있어요 → 이써여/ 왔어요 → 왔어 염/ 하나요 → 하남유' 등이다.

의성어 · 의태어로 '놀랍다 → 허걱/ 황당하다 → 헐/ 즐겁게 → 즐 감' 등이 있다.

외계어로 '오빠 → 읍ㅎF/ tonight → 2nite' 이 있다.

왜, 인두질 헐라구 그러는거여?

산골에 갔는데 갑자기 사진 찍을 일이 생겼다. 할머니에게 집에 디지털 카메라 있느냐고 물었다.

"왜 우리집 돼지털 야기를 허는기여? 우리집 털 많은 돼지는 저 뒷칸에 있어유."

사진을 정리하다가 인터넷에서 자료를 찾을 일이 생겼다. 그래서 할머니에게 물었다. '집에 컴퓨터 있냐? 그리고 인터넷을 아느냐?' 하고 물었더니 이가 다 빠진 합죽한 입모습으로 이러신다.

"왜, 인두질 헐라구 그러는기여?"

전화로 연락할 일이 있어 가까운 이웃에 핸드폰 가진 사람이 있느냐? 물었다. 빙그레 웃으며 대답하신다.

"뭐여, 핸드기… 핸복기? 우리 노부부는 행복허지. 둘이 테레비 안 보고 복합헌 세상과 등지고 살웅께. 참말로 행복혀……! 우린 그런 핸 보기 옳어두 잘 살웅께 느덜이나 도야지나가 지지고 볶고 살어? 어여 가라 어여!"

"……!?"

　여기에 자연에 순응하는 삶과 현대인의 과학문명을 받아들이는 삶이 있다. 이 두 가지는 모두 소중하고 존중받아야 할 가치 있는 인생이다. 어느 것이 옳고 좋으냐의 질문은 오히려 우문(愚問)이 된다. 앞에서 말한 인터넷 현대 용어를 척척 잘 알아듣고 지지고 볶으며 사는 문명인이 행복한가? 아니면 시골의 할머니 말씀처럼 '테레비 안 보고 세상 등지고 사는 것'이 행복한가?

쓰레기 편지의 탄생

인터넷은 처음 군사적 목적에서 만들어졌다고 한다. 1969년 미국 국방부는 소련의 핵 공격에도 살아남을 수 있는 군사용 통신장치로 사용될 컴퓨터 네트워크를 개발하는 연구소 아르파넷(ARPA Net, Advanced Research Projects Agency Network)을 만들었다. 공격에 취약한 중앙통제 방식이 아니라 망(網·Web)을 이용해 여러 곳에 동시다발로 정보를 주고받는 분산형 시스템이다.

개발된 네트워크에 연결된 망은 스탠포드 연구소와 LA 및 산타바바라 소재 캘리포니아 주립대, 그리고 유타대학교 등의 대형 컴퓨터였다. 그러나 실제 전쟁이 발발하지 않으면서 연구자들은 네트워크를 주로 e-메일을 주고받는 데 사용했다.

쓰레기 편지(스팸 메일, spam mail)란 용어가 등장한 것은 불과 13년 전이다. 1993년 3월 31일 유즈넷(USENET)이란 네트워크 관리자가 실수로 같은 내용의 메일을 토론그룹 멤버들에게 2백 번이나 쏘았다. 멤버들은 무차별로 반복돼 쏟아지는 메일에 '쓰레기(Junk)' 보다 강해서 '스팸' 이란 이름을 붙였다.

쓰레기 편지 탄생 13주기를 맞아 여러 가지 분석과 대책이 나오고 있으나 문제의 심각성에 비해 효율적인 개선책은 안 보인다. 자유로운 정보 공유라는 인터넷의 속성을 해치지 않으면서 쓰레기(스팸)를 근절하기란 쉽지 않다. 인터넷과 쓰레기(스팸) 편지들이 히피들의 고향에서 태어났다는 사실도 무관하지 않은 듯하다.

털인지, 탈인지, 틀인지?

우리가 사용하는 영어 끝발음에 'tal'이 있는데 '털, 탈, 틀' 등으로 혼용하여 사용하고 있다. 이때 '크리스털'을 '털'로 끝내야 하는지, '탈'이 맞는지, '틀'이 맞는지 혼동이 생긴다. 영어에서 '−tal'로 끝나는 낱말은 대부분 '−틀'로 소리나므로 '크리스틀'이 원음에 가깝지만 'a'의 소리글자는 그렇게 발음하지 않는다.

국립국어연구원에서는 외래어 표기법에 대하여 이렇게 정의하고 있다. "이미 굳어진 외래어는 관용을 존중하되, 그 범위와 용례는 따로 정한다." 관행이란 오래 해온 말을 굳어진 상태로 사용하는 것이다. 그렇다면 오래 사용한 '털'이 맞을까? '탈'이 맞을까?

인터넷 웹 사이트에 들어가 검색해보니 '크리스탈'로 기록한 문자는 3만 개 가량 되었다. 반면 '크리스틀'로 기록한 문자는 2천 5백 개 정도밖에 없었다. 그렇다면 우리의 실용생활에서는 '크리스탈'이 맞는 것일까? 아니다. 외래어 표기법에서, 관용도 존중하지만 범위와 용례는 따로 정한다고 했다. 이때는 '크리스탈'이 아니고 '크리스틀'이 올바른 외래어 표기법이다.

그러나 다 그런 것만은 아니다. 'tal'로 끝나는 영어 가운데 '−탈'로 적는 것은 '오리엔탈, 메탈, 오비탈, 헤비메탈' 등이 있다. 그리고 나머지는 '디지털, 캐피털, 렌털, 토털, 포털, 센티멘털, 펀더멘털, 콘티넨털, 바이털, 프랙털'이라고 해야 한다. 그리고 보이 스카우트(Boy

Scout)라는 고유명사는 외래어 표기법에 상관없이 '스카웃'이 아니라 '스카우트', 로타리(Rotary)의 한글 표기도 '로터리'가 맞지만 로타리 클럽에서 '로타리'로 사용하므로 이를 따라 주는 게 적합하다.

셀프 서비스의 변화

요즈음 식당이나 간이음식점, 주유소, 여관, 슈퍼마켓 등에 가면 대부분 커피와 물은 '셀프'이다. 모든 게 자동화, 자율화 현상에 힘입어 널리 퍼진 현상이다. 식당에서는 자동커피 기계와 냉, 온수 기계만 하나 들여놓으면 된다. 그 많은 손님들에게 커피와 물심부름만 안 해도 종업원 한 명 몫을 덜 수 있다. 자동화, 자율화가 어려운 식당의 인력난을 도운 셈이다.

이 제도가 바로 '셀프, self'이다. 손님이 종업원의 서비스를 받지 않고 제 스스로 알아서 자율적으로 취하는 서구식 제도이다. 이를 일컬어 '셀프-서비스(self-service)'라고 한다. 자기 자신을 직접 사진이나 동영상으로 찍는 셀프 카메라(self-camera)도 있다.

"셀프 서비스라는 말을 바꿔 부를 순 우리말이 없느냐?"

어느 지인으로부터 문의가 들어왔다. 손님 스스로 직접 행함을 말할 때의 '셀프-서비스'는 우리말로 '저'와 '제 시중'을 결합한 말이다. 따라서 '셀프 서비스'에 맞는 한국어를 골똘히 생각하다가 '손수하기'나 '스스로 봉사', '제 시중'이란 말이 생각이 났으나, 이 말 뜻을 과연 이해할까 걱정이다.

이 제도가 슈퍼마켓이나 백화점 등에서는 손님이 구입할 물건을 직접 골라 들고 와 카운터에 편안하게 앉아 있는 주인에게 서서(?) 돈을 지급하는 제도로까지 변모하였다. 21세기의 자동화와 자율화가 '손님은 왕'이 아니라, '주인님이 왕님'으로 변하는 세태로까지 변화를 몰고 온 것이다.

한국식 영어의 오용

영어가 한국에 들어오고 제법 많은 세월이 흘렀다. 그런데도 그 영어들이 미국 본래의 영어로 사용되는 게 아니고, 한국식 영어로 오용되고 있어 문제이다.

그런데 대부분 틀린 줄을 아는데도 오래 사용한 것이니 그냥 관행적으로 쓰고 모르고 사용하는 경우도 많다. 알고 사용한다면 지식인의 직무유기요, 모르고 사용한다면 무식의 소치이다. 그 가운데 스포츠 분야가 유난히 많다. 그 예를 들어보자.

"월드컵 축구 경기에 참가하는 외국의 선수들과 이번 대회에서 그라운드를 누빌 국가대표 선수들이 환송식장에 다 모였다."
"월드컵 경기에서 김 모 선수의 장기인 나이스 태클이 빛날 것이다."

여기서 사용된 '그라운드를 누비다', '나이스 태클'은 한국식 영어일 뿐 올바른 영어가 아니다. 왜냐하면 그라운드(ground)의 원래 뜻은 흙이나 땅을 말하기 때문이다. 선수들이 유니폼을 입고 자국의 명예를 걸며 힘찬 축구 경기를 벌이는 운동장과는 거리가 있다는 얘기이다.

학교 운동장은 플레이 그라운드(playground)라고 부른다. 군부대 연병장은 퍼레이드 그라운드(parade ground)이고, 운동경기를 위한 운동장은 애슬레틱 필드(athletic field, 또는 field)라고 부른다.

축구에서 흔히 사용하는 태클이란 말은 미식축구에서 선수들이 뒤엉켜 벌이는 '험악한 몸싸움에서 유래했다' 라는 뜻의 동사다. '나이스 태클' 은 '멋진 수비' 라는 말로 바꾸어 사용하는 게 좋다.

새로운 영어 가비네이터

세월이 변하면 세상도 변한다. 이에 따라 우리가 사용하는 말도 무수히 분화를 거듭하고 있다. '사람 있어 말이 있고, 말이 있어 글자가 생긴다.' 말이 생각난다. 이와 더불어 언어도 새로운 언어의 그림자로 다가온다.

인터넷상에서 흔히 짝퉁은 서로 짜고 모의를 꾸민다는 뜻이다. 디찍병은 디지털 카메라로 뭐든지 찍고 싶어 하는 젊은층을 말한다. 샐러던트라는 말은 샐러리맨(직장인)과 스튜던트(학생)의 합성어로 구조조정에 걸리지 않기 위하여 직장에서 공부만하는 안타까운 샐러리맨을 말한다.

'플래시몹'은 인터넷으로 약속한 후 집단적으로 모여 이상행동을 벌인 후 사라지는 번개모임을 말한다. 미국의 주지사 선거에 출마한 월드 슈퍼스타 슈워제네거를 빗대어 붙인 가비네이터(Govinator, 터미네이터와 주지사를 결합하여 붙인말)는 근육질의 똑똑한 사람을 부르기도 했다.

다음은 요즈음 새롭게 들어온 외래어이다.

클릭 → 찰깍/ VOD → 동영상/ Home → 처음/ 아젠다 → 지표(과제)/ 로드맵 → 청사진/ 태스크포스 → 기획(전략)팀/ 섹션 → 마당/ 쇼핑 → 장터/ Job → 일터/ Travel → 여행길/ 라이프 → 생활의 뜰/ IT

제7장 청소년의 은어와 영어

→ 정보바다/ emoticon → 그림말/ 앳(@, at) → 골뱅이/ screen door →
안전문/ ubiquitous network → 두루누리/ 메신저 → 쪽지창, 꾸림정보
(내용)/ 로밍 → 어울통신/ 미션 → 중요임무/ 박스오피스 → 흥행수익/
블로그 → 누리사랑방/ 로그인 → 접속이다.

제8장

북한말 남한말

"소는 누워있어야 하고, 말은 제대로 서 있어야 한다."

탈북자를 새터민으로

국립국어연구원은 외래어를 우리말로 다듬기를 하고 있다. 거리와 사무실, 가정에 파고든 외래어를 부드럽고 자연스러운 우리말로 다듬는 것은 매우 유익한 일이다.

그 예를 들면 파이팅을 아자아자, 올인은 다걸기, 웰빙을 참살이, 유비쿼터스는 두루누리, 네티즌을 누리꾼, 이모티콘은 그림말 등으로 바꾼 것이 대표적이다.

최근 건강에 대한 관심이 높아지면서 자주 쓰이고 있는 '웰빙' 대신 한국어로 참살이, 잘살이, 튼실, 행복찾기 등을 가지고 논의하다가 참살이가 최종 선정됐다. '퀵 서비스'는 '빠르다'는 뜻의 고유어 '늘차다'를 살린 늘찬배달로 바뀌었다.

'세상'을 뜻하는 고유어 '누리'를 살린 누리그물, 누리꾼, 누리사랑방(블로그) 등도 있다. 탈북자라는 말 대신 '새터민'으로 부르기로 했다.

촛불시위나 노동자들의 시위 때 쓰는 피켓은 한국어로 손팻말이다. 그러므로 피켓시위는 팻말시위라고 하는 게 맞다. 요즈음 야외에서 자주 사용하는 용어 중 마당이나 들판, 냇가에서 돼지를 통째로 불에 구워 먹는 것을 뜻하는 바비큐(바베큐는 잘못된 표기)가 있다. 이는 한국어로 통구이 또는 뜰구이가 좋다. '이거 실크니까, 물 세탁하면 안 되요.' 이렇게 말하는데 실크는 명주, 비단이 우리말이다.

아침 출근길 남편이 아내에게 '즈봉 잘 다려 놔요'라고 할 때 즈봉은 프랑스(Jupon)말이다. 한국어는 바지이다.

북한과 남한 언어의 이질화

텔레비전에서 남북한 지도자들이 가운데 테이블을 놓고 회의를 하고 있다. 서로 어떤 주제를 놓고 대화를 하는데 서로 언어의 장벽이 있어 회의진행이 매끄럽지 않다. 자세히 내용을 들어보니 오랫동안 분단된 상태에서 오는 언어의 이질화였다.

이를 보고 생각했다. '앞으로 남북한 통일이 되면 언어의 장벽이 휴전선 못지않은 큰 장벽이 되겠구나!'

어떤 말은 서로 통역이 필요할 만큼 심각한 문제가 있는 언어도 있었다. 남한의 폴란드 말을 북한에서는 폴스카라고 하며, 피타고라스의 정리는 세평방정리, 에베레스트 산은 주무랑마봉, 탄젠트는 탕겐스, 피겨스케이팅은 휘거, 보르네오 섬은 깔리만딴 섬, 헝가리는 마쟈르, 북대서양 해류는 골프 스트림, 갠지스 강은 강가강, 롤러코스터는 관성차, 사인(Sine)은 시누스라고 하는 등 심각한 이반 현상을 보이고 있었다.

그리고 연소반응은 불타기 반응, 백열전구는 전등알, 소프라노는 녁성고음, 산맥은 산줄기, 누른밥은 가마치, 참견하다는 간참하다, 호주머니는 더부치, 온음표는 옹근 소리표, 에너지는 에네르기, 작은 어머님은 삼촌 어머님이라고 하는 등 상당한 언어의 시공(時空)을 보였다.

또 정수리는 꼭두, 연기는 내굴, 어업지원은 물고기 지원, 경사도는 물매, 물 뿌리개는 솔솔이, 기가 막히다는 억이 막히다, 볼펜은 원주필, 짧다는 짜르다, 심지어는 지어, 계절풍 기후는 철바람 기후, 애타다는 파타다, 정사각형은 바른 사각형, 교차하다는 사귀다로 하는 등 언어의 차이를 보이고 있다.

봇나무

북한 동포들은 자작나무를 '봇나무' 라고 한다. 북부지방에 많이 자라는 낙엽지는 큰키나무로서 다 자라면 높이가 20미터를 넘으며, 나무껍질이 흰데다가, 얇게 벗겨진다. 울창한 자작나무 숲은 그 나무껍질의 하얀 빛으로 장관을 이룬다. 이 자작나무는 러시아 시베리아 일대에도 서식한다.

자작나무의 껍질을 '봇' 또는 '봇겉' 이라고 한다. '봇' 은 특히 북부 산간지방에서 쓸모가 많은 물건이다. 봇으로 지붕을 이고 돌로 눌러놓거나 흙을 덮은 막집을 '봇막' 이라 한다. 또 봇으로 만든 떼를 '봇떼' 라고 하는데, 이는 물 압력에 잘 견딘다고 한다.

백범 김구 선생이 첫 북행 견문길에 함경도 갑산군을 지나면서 이런 봇막을 처음 보았는데, 염습할 때 주검을 봇으로 싸는 풍습이 있다는 말을 전해 듣고 신기하게 여겼음을 『백범일지』에 기록했다.

봇나무와 봇나무숲은 중국 쪽과 옛 소련지역 동포 시인들이 문학작품 속에서 기리는 나무이기도 한다. 북방 대륙의 거친 풍토에 뿌리내린 동포들의 억세고 의연한 삶의 표상으로, 또 흰옷을 즐겨 입던 순박한 배달겨레로 비유하기를 즐겼다.

북방땅에 뿌리박은 봇나무/ 겨우내 은색옷 곱게 입고/ 기승 부리는 눈보라와 속삭이며/ 로씨야숲을 자랑하노니/ 그 모습모습 숫스러워라!

— 명월봉, 「로씨야 봇나무」(옛 소련)

나는 봇나무/ 한 그루의 깨끗한 봇나무/ 겨레의 족속으로 태여난/ 하아얀 아들이다.

— 김파, 「나는 봇나무」(중국)

북한은 뇌졸증(腦卒症), 남한은 뇌졸중(腦卒中)

　중년 이후에 많이 발생하는 병 중에 '뇌졸중(腦卒中)'이 있다. 그런데 이 '뇌졸중'을 '뇌졸증'으로 잘못 알고 사용하는 사람이 의외로 많다.

　우리 주변에 흔히 있는 우울증이나 건망증, 골다공증같이 병에 대부분 '-증(症)'이란 말이 붙다 보니 자연스럽게 '뇌졸증'으로 부르는 것 같다.

　그러나 뇌졸중은 이들과 다르다. 한자를 살펴보면 이해가 쉽다. '뇌졸중'의 '졸중(卒中)'은 '졸중풍(卒中風)'의 줄임말이고, '졸중풍'은 중풍(中風)과 같은 말이다. '졸(卒)'은 '갑자기'라는 뜻이다. 갑자기 쓰러지는 졸도(卒倒)가 그의 한 예이다.

　'중(中)'은 '맞다'는 의미가 있으며 적중(的中)이 그 예이다. '풍(風)'은 풍사(風邪, 바람이 병의 원인으로 작용하는 것)로 인해 생긴 풍증을 얘기한다. 따라서 '졸중풍'은 '갑자기 풍을 맞았다'는 뜻이고, '뇌졸중'은 '뇌에 갑자기 풍을 맞았다'는 말이 된다.

　뇌혈관 장애로 갑자기 정신을 잃고 쓰러져 반신불수, 언어장애 등의 후유증을 남기는 병을 한방에서 '중풍' 또는 '졸중풍'이라 한다. '뇌졸중'은 현대의학에서 뇌출혈, 뇌경색, 뇌혈전 등 뇌혈관 질환을 통틀어서 이르는 말이다. 뇌졸중의 원인은 과로와 흡연, 비만 등 다양하다.

다만 북한에서는 '뇌졸중'을 '뇌졸증(腦卒症)'이라고 부른다. 남북통일 후 언어의 이질감 극복을 어찌하여야 할지 난감하다. 대화의 소통만큼 중요한 일은 없는데 말이다.

자래우다

　북한에서는 '기르다' 나 '키우다' 에 못지않게 '자래우다' 를 문화어로 널리 사용한다. '기르다' 는 '길다' 에서, '키우다' 는 '크다' 에서, '자래우다' 는 '자라다' 에서 나온(파행된) 말이다. '자래우다' 는 '자라다' 의 '자라게 하다' 를 말한다. 북한에서는 일반적으로 '나무를 자래우고, 자식을 자래우며, 민족 간부를 자래운다' 등으로 쓴다.

　민족의 저항시인으로 잘 알려진 윤동주(1917~1945)도 습작기 시 「아침」에 '자래우다' 를 사용한 적이 있다.

　"이제 이 동리의 아츰(아침)이/ 풀살 오른 소엉덩이처럼 기름지오/ 이 동리 콩죽 먹는 사람들이/ 땀물을 뿌려 이 여름을 자래웠소."

　윤동주 시어에는 그 할아버지 고향인 함경북도 방언 등이 더러 있다. '자래우다' 도 그 한 가지다. 오늘날 중국이나 중앙아시아 동포들도 익히 쓰는 말이다.

　　길게 자래운 머리 우에 태양모를 살짝 올려놓은 멋쟁이 처녀였다.
　　　　　　　　　　　　　　　　　　　— 윤림호, 「산의 사랑」(중국)

　　그 성격 그 성미를 자래운 고향
　　　　　　　　　　　　　　　　　　　— 박화, 「영원한 요람」(중국)

무엇 때문에 자식들을 자래우는지?

— 리영광, 「가을비 …」(옛 소련)

매일 같이 단 하나의 태양이 땅을 덥혀주고 곡식을 자래우고

— 강 겐리예따, 「일곱번째 태양」(옛 소련)

'자래우다'(자라다)와 같은 짜임새로 된 말에 '재우다'(자다), '태우다'(타다), '놀래우다'(놀라다, 북), '새우다'(서다), '키우다'(크다)따위가 있다.

지어(至於)

　우리가 흔히 사용하는 말 중에 '심지어(甚至於)'라는 말이 있다. 문자대로 해석하면 '심하게 …에 이르러'라는 뜻이다. 심훈의 「상록수」에 채영신이 어려운 아이들의 교과서와 연필, 공책까지도 다 해주고, 심지어 넝마가 다 된 옷을 입고 다니는 아이들에게 옷까지도 해 입히는 내용이 나온다. '심지어'는 '심하게는, 심하다 못해 나중에는'의 뜻으로, 뒤에 오는 말의 사실을 강조할 때 주로 사용한다.

　북한, 중국, 러시아 동포들 사회에서는 '심지어'보다 '지어(至於)'를 더 널리 쓴다. 역시 표준말이지만 남한에서는 어감이 설다. '심지어'와 같아 보이나 사전에 그 준말이나 동의어로 관련짓지 않았다. '심지어'는 아주 강조할 때 쓰고, 보통은 '지어'를 사용하는 것 같다.

　　로씨야에 와 있는 조선 사람들은 '지어' 정치 망명자들까지도 전부 다 조선으로 추방하기로 되여 있었다.

　　　　　　　— 김세일, 「홍범도」(옛소련), '심지어'와 같은 쓰임이다.

　　도 소재지나 '지어' 수도의 거리 한 모퉁이에 갖다 놓아도 손색이 없을 건물.

　　　　　　　　　　　　　— 북, 「조선말대사전」

　　나는 당신을 질투하게 되었고/ '지어' 당신의 가정/ 당신의 사업마저/ 훼방하려 하였더라도.

　　　　　　　　　　　　— 김성휘, 「사랑이여」(중국)

위의 문장에서는 '심지어, 심하게는' 보다 '나아가(서), 거기다가 더하여' 하는 뜻에 가깝다.

> 마치 땅도 바다도 '지어' 하늘까지도 여기로부터 시작되는 듯하였다.
> — 강태수, 『기억을 뚜지면서』(옛 소련)

위의 문장에서는 '심지어' 보다 '또한' 에 가깝다.

눅다

시장에서 물건을 사다 보면 주인과 손님이 물건값을 두고 '싸다', '비싸다' 로 논쟁을 하기도 한다. 이는 순 한국어이다. 한자말로는 '저렴하다' 라고 한다.

반면 북한에서는 값이 '싸다, 저렴하다' 를 '눅다' 라고 하고 '싼값' 이나 '저렴한 가격' 보다 '눅은값' 을 잘 사용한다. '헐값' 도 사전에 '눅은 값' 이라고 기록해놓았다. '눅다' 는 원래 '반죽이 눅다', '눅은 과자' 라 하여, 반죽이 무르거나 바삭바삭하던 것 따위가 물기가 스며 부드러워진 상태를 이르는 말이다. '성미가 눅은 사람', '추위가 눅었다' 하여, 성질이나 기세가 너그럽거나 수그러진(누그러진) 상태를 이르기도 한다.

북녘 사전에는 또 '눅은 데 패가 한다' 는 경구가 있다. 물건 값이 싸다고 많이 사들이다가는 살림을 망친다는 뜻으로, 필요한 만큼 돈을 쓰라는 말이다. 그렇다고 '싼 것이 비지떡' 이라는 말을 '눅은 것이 비지떡' 이라 하지는 않는다.

보통의 물건 값보다 싼 물건인 '싼거리' 를 북녘에서는 '눅거리' 라 한다. 평양방송이 '외국인 투자가들이 부동산 값이 떨어질 때 눅거리로 사들였다가 그 값이 올라갈 때 동시에 팔아 치워 폭리를 얻으려 하고 있다' 고 보도한 적이 있다(국어연구원, 『북한 방송 용어』). 눅거리는 '실속 없고 보잘 것 없는 것'을 말한다.

말로만 칭얼대는 눅거리 사랑 마세요.

— 이순옥, 『사나이다울 순 없나요?』(중국)

북한말과 남한말

남 · 북한이 사용하는 말이 각기 다르다. 비교하여 검토해보자. 북한에서는 여성은 녀성, 노동은 로동으로 기록하고 있다. 또 냇가는 내가, 빗발은 비발로 적고 있다. 또한 구경꾼은 구경군, 일꾼은 일군으로, 빛깔은 빛갈, 맛깔은 맛갈, 덧니는 덧이, 톱니는 톱이로 기록하고 있다.

또 발음은 같은 일부 이음말끝으로 이어진다. ―어를 ―여로 하는가 하면 비어, 내어, 베어, 되어, 쉬어는 비여, 내여, 베여, 되여, 쉬여로 각각 기록하고 있다.

맺음말인 ―ㄹ까, ―ㄹ쏘냐를 ―ㄹ가, ―ㄹ소냐로 기록하고 있으며, 또한 폐허는 페허, 화폐는 화페로 적는다. 이런 맞춤법에 딸린 것 말고, 개별 낱말에 달리 적는 것들이 있다. 달리 적는 토박이 낱말부터 알아보자. 낱말을 '남/ 북' 순서로 좌우로 놓고 비교해보자.

날짜/ 날자, 나부끼다/ 나붓기다, 넋두리/ 넉두리, 눈썹/ 눈섭, 물꼬/ 물고, 섣불리/ 서뿔리, 손뼉/ 손벽, 아리땁다/ 아릿답다, 안간힘/ 안깐힘, 치다꺼리/ 치닥거리, 올ー바르다/ 옳ー바르다

북의 '올바르다'는 '올이 곧바르다'를 이르고, 마음씨가 바르고 곱다를 이르는 '올곧다'는 남북이 일치한다. 잠깐을 북에서는 한자말

'잠간(暫間)'으로 다루고 있다.

따로 기록하는 한자말에 이런 것들이 있다. 낱말을 '남/ 북' 순서로 배열해 놓고 비교해 보자.

개전(改悛)/ 개준·개전, 갹출(醵出)/ 거출, 만끽(滿喫)/ 만긱, 발체(拔萃)/ 발취·발췌, 사주(使嗾)/ 사촉, 알력(軋轢)/ 알륵, 오류(誤謬)/ 표식, 휴게소(休憩所)/ 휴계소

늘구다

북한에서는 '늘이다, 늘구다'를 문화어로 쓰고, '늘리다'는 안 쓰는 것 같다(사전에 올림말이 없다). 그 쓰임새도 다르다.

- 상품의 가지 수를 늘이다.(북)/ 가짓수를 늘리다.(남)
- 유치원 탁아소를 늘이다.(북)/ 늘리다.(남)

남한에서 '늘구다'는 '늘이다'와 '늘리다'의 사투리로 다룬다. 문화어에서는 '수효를 늘구고, 생산을 늘군다' 따위로 쓴다. '늘이다, 늘구다'를 각각 남한의 '늘이다, 늘리다'의 뜻으로 아울러 쓰는 셈이다. 중국 등지에서도 그렇다.

- 편제 인원을 늘이다.(『조선말사전』, 중국)
- 식량을… 열흘을 더 늘구어 먹었으나 그것마저 이젠 몽땅 떨어졌다.(여영준, 『준엄한 시련 속에서』, 중국)
- 천 짜는 공장도/ 넉넉히 늘구리라. (김광현 『평화의 노래』, 옛 소련) '늘구다'를 '늑장, 늦장(북) 부리다'의 뜻으로도 쓰고 있다.
- 면허증을 안 보이려고 지들지들 늘구던 운전사는….(로정법, 『고향의 모습』, 북)

'늘구다'의 맞선말 '줄구다'는 문화어에 넣지 않았다.

그러나 북에서는 '-구-' 파생어를 문화어에 많이 포함시켰다.

- 걸구다(=걸우다), 낚구다, 딸구다, 떨구다, 말구다(=마르다. *재목을 ~), 불구다(=불리다. *콩을~), 시달구다, 아물구다. 얼구다, 여물구다, 절구다

우리는 길이는 늘이고, 분량 따위는 늘린다고 사용한다.

- 엿가락처럼 늘이듯 말을 길게 늘어놓는 사람이 있다. 머리를 땋아 '늘이다'.

쟁기

　농사지을 때 논밭갈이 기구로 '쟁기' 와 '극젱이' (후치)가 있다. 이젠 농업의 기계화로 농촌의 이런 소농기구들은 사라질 운명이다. 북한에서는 '쟁기' 를 논밭을 가는 기구 보다 포괄적인 뜻으로도 쓰인다.

　• 손에 '쟁기' 를 쥐고 일하는 사람이야 내 힘들다고 새초밭만 뚜지겠소. (북한 장편소설 『축원』에서)
　• 옛날 우리 선조들은 변변한 '쟁기' 도 없었는데 저런 큰 돌들을 어떻게 옮겨다 이런 성을 쌓았을가. (『조선말대사전』에서)

　'쟁기' 를 농기구들을 두루 이를 때 사용한다. 또 일반 기구 이름으로도 사용한다. 논밭갈이 연장으로는 쟁기보다 '보습' 이란 말을 잘 쓰는 것 같다.

　'쟁기' 의 옛말은 '잠개, 장기' 였는데, 연장이나 무기를 일컫는 말이었다. '갈잠개' 는 칼붙이였고, 병(군사)을 '잠개 잡은 사람' 이라 했다(『월인석보』). 북한의 사전은 오늘날에도 '무기' 의 뜻을 다루고 있다.

　'연장' 도 북한에서는 목수의 연장 같은 뜻이 아니고, '연장' 이라는 밭갈이 기구가 따로 있고, 논밭갈이 기구를 일컫는 말로도 쓴다. 옛말에서 연장은 '무기' 로도 쓰였는데 이 또한 현대어로 다루고 있다.

이 밖에 밭갈이 기구로 '가대기', '보연장'(귀보)이란 것도 있고, 함경도(방언)에는 보습도 크기에 따라 '대통, 중통, 소통'이 있다. 농사지을 땅은 남한에 많은데 논밭을 가는 연장은 북한에 더 많은 것 같다. 멧밭(산밭)이 많아서일까?

우레와 천둥

　우리는 흔히 '우뢰 같은 박수 소리' 라고 한다. 그 근거는 조선총독부
『조선어사전』(1920), 문세영 『조선어사전』(1938), 이윤재 『표준조선말사
전』(1947) 등과 북한 사전들에서 '우뢰' 를 표준말로 삼았기 때문이다.

　북한 『조선말대사전』(1992)에는 '우뢰 같다', '우레가 울다', '우레
를 치다', '요란한 우레소리', '우레처럼 만났다가 번개처럼 헤어진
다' 는 말이 사전에 올라와 있다.

　그런데 한글학회 『큰사전』(1957)에 '우뢰' 를 '천둥' 으로 바꾸어 놓
으니까 그 뒤 남한 사전들이 모두 '천둥' 을 표준말로 삼고 있다. 그러
나 '천둥 같은 박수 소리' 라고는 하지는 않는다. 그리고 '천둥' 이 천
동(天動)으로 변한 말이 아닐까? 하고 생각하는 사람들이 있다. 하지만
아니다. '천둥' 이란 말은 '천둥바라기', '천둥지기(하늘바라기)', '천
둥벌거숭이' 등에서 사용되는 말이다.

　천동(天動, 하늘이 운행함)은 천동설(天動說, 지구 중심설), 천동성회
(天動星廻, 하늘이 움직이고 별이 돎), 천동신이(天動神移, 하늘이 움직
이고 신처럼 옮음)들에 적용된다. 천둥과는 상관이 없다. '천둥' 과
'천동(天動)' 은 비슷하지도 않고 다른 말이다.

　천둥은 '하늘이 요란하게 울리는 소리' 이다. 또 우뢰는 '공중에서
방전(放電)으로 인하여 일어나는 소리' 이다. 같은 내용으로 둘 다 순수
한 한국어이다.

꽃망울 터치다

우리가 '터뜨리다'라고 하는 말은 무엇을 만져 터지게 하는 것이다. 울음이나 웃음도 터뜨리는 대상으로 번지도록 사용된다. '터짐'이란 막혀 있던 게 갑작스럽게 큰 힘으로 부서지는 모양이다. 봄만 되면 '꽃망울을 터뜨린다'는 표현도 좋은 말이다.

북한에서는 '터뜨리다'보다 '터치다'를 잘 사용한다. '수류탄, 울분, 울음을 터친다' 또는 풀어 헤치다에 가깝게 '짐짝을 터친다'로 사용하고, 막힌 것을 터놓는 뜻으로 '물고(−꼬)를 터친다'도 사용한다. 꽃이 필 때도 '꽃잎을 터치려는 꽃망울'이라는 말을 사용한다. 중국과 러시아 동포들도 '터치다'를 잘 사용한다.

> • 쾅! 쾅 터치는 노래.
>
> — 김철, 「북방의 강」

> • 색깔 고운 웃음을/ 방긋 터치며 오시였지요.
>
> — 조룡남, 「꽃과 웃음과」(중국)

> • 들을 리 만무한 네 앞에서 아픔을 터쳐 울부짖으면서.
>
> — 정장길, 「병사의 무덤 앞에서」(옛 소련)

> • 초록너울 쓰고 꽃망울 터치며 왔습니다.
>
> — 김파, 「봄날의 시혼」(중국)

막 피어나는 꽃망울, 꽃봉오리의 조용한 몸짓을 '터뜨리다, 터치
다' 로 말맛이 거칠게 들린다.

- 자짓빛 굵은 대공 하얀한 꽃이 벌고.

— 이병기, 「난초4」

- 비 오자 장독간에 봉선화 반만 벌어.

— 김상옥, 「봉선화」

- 오늘 비로소 벙그는 꽃 한 송이.

— 한광구, 「매화」

- 막 난초꽃이 한둘 벙글고 있다.

— 박정만, 「난초」

사이시옷의 어려움

우리말 중에 사이시옷만큼 바르게 표현하기가 어려운 말도 없다고 한다. 주고받는 말이나 글 중에 대부분이 사이시옷이 들어가기 때문에 어디서 어떻게 적용하느냐에 어려움이 있다.

1988년에 고쳐 나온 「한글 맞춤법」의 사이시옷 적기 규정은 이렇다. 이 맞춤법에서는 순 한자말의 경우 묘하게도 '곳간, 셋방, 숫자, 찻간, 툇간, 횟수' 여섯 낱말 외에는 적지 않기로 하였다.

그 결과 '댓가'는 '대가'로 '홋수'는 '호수'로, '솟장'은 '소장'으로 적어야 한다. 그리고 '장밋빛'은 사이시옷을 받쳐 쓰되 '장미과'는 ㅅ을 받쳐 쓰면 잘못된 것이다.

사이시옷 표현은 현재 남한과 북한이 다르게 사용한다. 북한에서는 1966년 이후로 거의 적용하지 않는다. '냇가, 빗발, 홋날'을 북에서는 '내가, 비발, 후날'로 적고, 발음은 된소리로 하고 있다.

그런데 1988년에 나온 북한의 『한글규범집』에서는 소리가 같은 말 가운데 혼동을 피하기 위해 '비바람'과 '빗바람', '새별'과 '샛별'로 구분하여 적고, '아랫집, 뒷일' 따위의 몇몇 낱말에 예외적으로 ㅅ을 받치어 쓰기로 하였다.

또 바다나 물가에서 자라는 '갯-고사리, 갯-도요, 갯-두루미, 갯-버들, 갯-장어, 갯-지렁이' 같은 동식물 이름에도 적고 있다.

다행스러운 일이다. 언제인가 통일이 되면 가장 문제시되는 것이

주고받는 언어와 글자의 표준이라고 한다. 벌써부터 뜻있는 한글학자들은 이 부분을 집중 연구하여야 한다고 한다.

동포와 교포는?

한국을 벗어나 외국에 살고 있는 우리 동포(교포)는 약 1천만 명이다. 낯선 외국에 나가 있지만 늘 한국인임을 자랑스럽게 여기고 산다고 한다. 외국에 거주하는 동포들의 애국심은 월드컵 같은 국제경기 때 잘 나타난다고 한다.

여기에서 동포와 교포를 혼용하고 있다. '동포(同胞)'는 같은 핏줄을 이어받은 민족이다. 동일한 민족의식을 가진 민족을 말한다. 반면 '교포(僑胞)'는 다른 나라에 사는 동포로써 거주지를 기준으로 하기 때문에 '동포'보다 좁은 의미로 사용한다.

'동포'는 국내동포와 재외동포로 나뉘며, '재외동포'가 곧 '교포'이다. 따라서 '재외교포'란 표현은 어색하고, '재외동포'나 '교포'라 또는 교민(僑民)이라고 부른다.

'재일동포', '재일교포' 모두 맞는 말이다. 다만 미국의 경우 '재미교포', 일본의 '재일동포'란 말에 익숙한 것은 역사적으로 지형적인 사실과 거주국에서의 법적 지위 등이 자연스럽게 반영된 결과이다. 북한 동포를 '교포'라 하지 않는 것에는 남북이 같은 나라, 한겨레라는 뜻이 담겨 있다.

중국이나 러시아 역시 '교포'보다 '동포'라는 말에 익숙한 것은 그들의 이주역사나 처지를 반영하고 우리의 동포임이 강조한 결과이다. 또한 중국동포를 '조선족'이라 부르면 안 된다. 중국인들의 입장에서 소수 민족인 우리 동포를 부르는 이름을 우리마저 함께 부르면

안 된다. 러시아(중앙아시아)의 '고려인'(카레이스키 ← 까레이쯔)도
마찬가지다.

메밀국수 고향은 함경도

여름철 더위를 달래주는 음식 중 냉면 다음으로 많이 찾는 것이 메밀국수다. 하지만 대부분의 음식점에는 '모밀국수'라 적혀 있다. '모밀'이 '메밀'의 함경도 사투리이므로, '모밀국수'는 '메밀국수'가 맞는 말이다.

메밀은 중국에서 우리나라에 들어온 뒤 일본에 전해졌다. 척박한 땅에서도 잘 자라는 특성 때문에 조선시대 구황작물로 큰 몫을 했다고 한다.

주로 국수와 묵으로 만들어 먹었으며 냉면 사리('사리'는 순 우리말)의 주재료도 메밀이다. 초가을 강원도 봉평에 가면 소설 「메밀꽃 필 무렵」의 저자인 이효석 생가 앞쪽 산등성이에 흐드러지게 핀 메밀꽃을 바라보며 메밀국수, 메밀묵, 메밀술을 맛볼 수 있다.

메밀은 영양가 높은 식품으로 알려져 있으며, 속을 차게 하는 음식으로 냉한 기운을 없애기 위해 무즙을 넣어 먹는다.

현재 우리가 식당에서 작은 대나무발 등에 올려놓은 메밀 사리를 장국(소스)에 찍어 먹는 형태는 일본식이다. 소위 '소바'라 부르는 것이다.

'소바'는 메밀을 뜻하는 일본말이며 지금은 '소바키리', 즉 메밀국수를 가리키는 말로 널리 쓰인다. 생선회(사시미)와 더불어 일본의 전통 음식이며, 우리나라에서 건너간 메밀국수가 반대로 수입된 셈이다.

　옛날 궁중에서 육류와 해물 등 다양한 재료를 넣고 끓여 먹던 메밀국수 요리를 흉내낸 음식이 있다. '○○국시' 등 '국시'가 들어간 상호가 있다. 이때 '국시'는 '국수'의 사투리이다. '메밀국수'를 완전히 사투리로 하면 '모밀국시'가 맞는 말이다.

명태와 이면수의 출생?

스무살 문학청년시절 청바지 입고 장발을 하고 통기타 하나 어깨에 둘러매고 시골집 부근의 산으로 강가로 다니다가 저녁때가 되면 친구들과 함께 마을 방죽가에 있는 주막에 들러 막걸리를 마시곤 했다. 이때는 주머니가 궁색하던 시절이라서 주막집 선반에 오랫동안 걸쳐 있던 값이 싼 노가리를 안주삼아 방망이로 툭—툭— 쳐 잘게 부순 다음 고추장에 찍어 먹곤 했다.

잘 마른 명태 새끼인 노가리는 속된말로 거짓말이라는 뜻을 갖기도 한다. 명태의 출생설화는 이렇다. 옛날 함경도 명천에 '태' 씨 라는 어부가 살았는데 물고기를 잘 잡았다. 담백하며 쫄깃한 물고기 이름을 몰라 사람들은 그 후 명천의 지명인 '명' 자와 '태' 씨라는 어부의 성을 따 '명태' 라고 부르기 시작했다고 한다.

명태는 많은 이름을 가지고 있다. 막 잡아 신선한 것은 생태, 얼린 것은 동태, 딱딱하게 말린 것은 북어, 강원도 덕장에서 추운 겨울에 얼렸다 녹였다를 반복하며 말려 살이 포동포동하고 노랗게 된 것은 황태라고 한다. 알로 젓갈을 담으면 명란젓, 내장으로 젓갈을 담으면 창란젓이다.

또 명태와 사촌지간인 '이면수' 는 등이 암갈색이고 배는 황백색이며 몇 줄의 검은 세로띠가 있는 물고기이다. 그런데 대부분의 사람들이 이면수라고 알지만 실제의 정확한 명칭은 '임연수어' 이다. 조선 정조 때 서유구가 지은 『난호어목지(蘭湖漁牧志)』에는 임연수(林延壽)라는 사람이 이 고기를 잘 낚았기 때문에 그의 이름을 따 '임연수어'라고 한다고 되어 있다.

바른 한글 자료들

ㄱ

가까와 → 가까워

가정난 → 가정란

간 → 칸

강남콩 → 강낭콩

개수물 → 개숫물

객적다 → 객쩍다

거시키 → 거시기

갯펄 → 개펄

겸연쩍다 → 겸연쩍다

경귀 → 경구

고마와 → 고마워

곰곰히 → 곰곰이

괴로와 → 괴로워

구렛나루 → 구레나루

괴팍하다 → 괴팍하다

－구료 → －구려

광우리 → 광주리

고기국 → 고깃국

귀엣고리 → 귀고리

귀절 → 구절

귓대기 → 귀때기

귓머리 → 귀밑머리

깍정이 → 깍쟁이

깡총깡총 → 깡충깡충

꼭둑각시 → 꼭두각시

끄나불 → 끄나풀

ㄴ

나뭇군 → 나무꾼

나부랑이 → 나부랭이

낚싯군 → 낚시꾼

나무가지 → 나뭇가지

년월일 → 연월일

네째 → 넷째

넉넉지않다 → 넉넉지않다

농삿군 → 농사꾼

넓다랗다 → 널따랗다

ㄷ

담쟁이덩굴 → 담쟁이 덩굴

대싸리 → 댑사리

더우기 → 더욱이

돐 → 돌(첫돌)

딱다구리 → 딱따구리

발발이 → 발바리둥근파 → 양파

뒷굼치 → 뒤꿈치

땟갈 → 때깔

떨어먹다 → 털어먹다

ㅁ

마추다 → 맞추다

멋장이 → 멋쟁이

무우 → 무

문귀 → 문구

미류나무 → 미루나무
미싯가루 → 미숫가루
미쟁이 → 미장이

ⓑ
반가와 → 반가워
발가송이 → 발가숭이
발자욱 → 발자국
변변챦다 → 변변찮다.
보통이 → 보퉁이
볼대기 → 볼때기
봉숭화 → 봉숭아
빈자떡 → 빈대떡
빛갈 → 빛깔
뻐치다 → 뻗치다
뻗장다리 → 뻗정다리
뼉다귀 → 뼈다귀

ⓢ
사깃군 → 사기꾼
삭월세 → 사글세
살별 → 꼬리별
상판때기 → 상판대기
새앙쥐 → 생쥐
생안손 → 생인손
설겆이하다 → 설거지하다
성귀 → 성구
세째 → 셋째
소금장이 → 소금쟁이
소리개 → 솔개

솔직이 → 솔직히
술부대 → 술고래
숨박꼭질 → 숨바꼭질
숫강아지 → 수캉아지
숫개 → 수캐
숫놈 → 수놈
숫닭 → 수탉
숫병아리 → 수평아리
숫소 → 수소
심부름군 → 심부름꾼
심술장이 → 심술쟁이
살어름판 → 살얼음판

ⓞ
아니꼬와 → 아니꼬워
아니요 → 아니오
아닐껄 → 아닐걸
아름다와 → 아름다워
아뭏든 → 아무튼
아지랭이 → 아지랑이
앗아라 → 아서라
애닯다 → 애달프다
어귀 → 어구
여늬 → 여느
오금탱이 → 오금팽이
오똑이 → 오뚝이
웅큼 → 움큼
-올습니다 → -올시다
얼룩이 → 얼루기
욕심장이 → 욕심쟁이

웃니 → 윗니

웃도리 → 윗도리

웃목 → 윗목

오뚜기 → 오뚝이

웃쪽 → 윗쪽

웃츰 → 윗층

옛부터 → 예부터

웃통 → 윗통

윗돈 → 웃돈

윗어른 → 웃어른

으례 → 으레

-읍니다 → -습니다

이맛배기 → 이마빼기

익살군 → 익살꾼

오무리다 → 오므리다

일군 → 일꾼

일찌이 → 일찍이

우뢰 → 우레

있구료 → 있구려

ㅈ

지푸래기 → 지푸라기

자그만치 → 자그마치

장군 → 장꾼

장난군 → 장난꾼

장삿군 → 장사꾼

저으기 → 적이:

적잖은 → 적잖은

주착없다 → 주책없다

죽더기 → 죽데기

지겟군 → 지게꾼

지리하다 → 지루하다

짓물다 → 짓무르다

짚북세기 → 짚북데기

ㅊ

천정 → 천장

총각무우 → 총각무

춥구료 → 춥구려

ㅋ

케케묵다 → 케케묵다

코맹녕이 → 코맹맹이

코보 → 코주부

콧배기 → 코빼기

ㅌ

탔읍니다 → 탔습니다

트기 → 튀기

ㅍ

판잣대기 → 판자때기

팔굼치 → 팔꿈치

팔목시계 → 손목시계

펀뜻 → 언뜻

푼전 → 푼돈

풋나기 → 풋내기

ㅎ

하게시리 → 하게끔

하는구료 → 하는구려

하는구면 → 하는구먼

하옇든 → 하여튼

한길 → 행길

할께 → 할게

할찌 → 할지

허위대 → 허우대

허위적허위적 → 허우적허우적

호루루기 → 호루라기

| 문장의 부호 |

문장 각 부분 사이에 표시하여 논리적 관계를 명시하거나 문장의 정확한 의미를 전달하기 위하여 표기법의 보조수단으로 쓰이는 부호를 사용한다.

문장부호는 순수하게 논리적인 목적에서 사용되는 경우와, 어조상(語調上)의 쉼을 위하여 사용할 때와는 차이가 있다. 시(詩)에서는 리듬을 위해 사용하기도 한다. 문장부호의 기원적 형태는 한문 원전(原典)을 읽을 때 독해(讀解)의 필요에서 찍는 훈점(訓點)에서 찾을 수 있으며, 표현을 위해 사용된 문장부호의 발달은 로마자가 한국에 소개되면서부터 차용·발전한 것이다. 현재 가장 널리 쓰이는 명칭과 용법은 다음과 같다.

【마침표】

① . (온점)/ ˚(고리점): 서술형·명령형·청유형의 글에서 문장이 종결 어미로 끝남을 보일 때, 숫자의 정수(整數) 단위를 표시할 때, 또는 구미어의 약자 뒤나 연월일을 표시하는 숫자 뒤에 쓰인다. 가로쓰기에서는 아래 쪽 가에, 세로쓰기에서는 글줄의 가운데 찍는다(예: 22.5kg, Mr., 2004.9.20. 등).

② ? (물음표[疑問符]): 직접 의문이나 반어(反語) 및 수사의문(修辭疑問) 또는 가벼운 감탄을 나타낼 때 쓰인다.

③ ! (느낌표[感歎符]): 강한 느낌이나 부르짖음을 나타내는 감탄사나 감탄형 및 원형의 종결어미 뒤에 쓰이며, 명령·의문·권유의 글에서도 느낌을 강조할 때 또는 느낌을 가지고 사람을 부를 때도 쓰인다.

【쉼표】

① , (반점): 의미가 중단되어서 읽을 때에 잠깐 쉬는 것이 좋을 자리에 찍는다. 또 나열항목을 구분할 때나 직접 다음에 오는 말을 수식하지 않을 때, 가벼운 감탄을 나타낼 때, 부르는 말이나 대답하는 말 뒤 또는 제시어(提示語) 아래에 쓰이며, 정수 단위의 숫자를 세 자리마다 구분할 때도 쓰인다(예: 5,000,000원).

② · (가운데 점[同位符]): 몇 개의 단어를 나열할 때, 또는 두 숫자로 된 말 사이에 쓰인다(예: 오이 · 수박 · 참외, 3 · 1절, 6 · 25전쟁).

③ : (쌍점): 이미 서술한 말에 내포되는 사항을 다시 자세히 설명하거나 예로 들 때(예: 과일: 사과 · 배 · 감 등), 한 문장이 끝나면서 다음 문장과 의미상 연결됨을 보일 때, 세부사항을 나열하고 그것을 다시 묶을 때, 긴 인용이나 진술을 이끌어 낼 때, 저자와 책이름 사이 등에 쓰이며, 비율 표시로도 쓰인다.

④ / (빗금): 대응 · 대립되거나 대등한 것을 함께 보이는 단어 · 구 · 절 사이에 쓰고, 대등한 것으로 '또는'을 나타낼 때, 분수를 나타낼 때에 쓰기도 한다(예: 선우 훈/선우훈, 이백삼십 원/230원, (○○)이/가, 1/4분기, 2/10).

【따옴표】

① " " (큰따옴표)/『 』(겹낫표): 글 가운데 직접 대화를 보이고자 할 때, 남의 말을 직접 인용할 때 쓴다.

② ' ' (작은 따옴표)/「 」(낫표): 특별히 쓰이는 말, 특히 강조하여 주의를 돌리려는 말과 신문이름 · 책이름 · 제목 등을 두드러지게 보일 때, 또 글월 가운데서 마음 속으로 생각하는 것 등을 보일 때와 따온 말 가운데서 다시 따온 말이 들어 있을 때에 쓰인다.

【묶음표】

( )(소괄호)/ { }(중괄호)/ [ ](대괄호): 묶음표는 다른 글과 구별하고자 하는 부분의 앞뒤에 쓰는데, 소괄호는 원어 · 연대 · 주석 등을 넣을 때, 기호 또는 기호의 구실을 하는 문자 · 단어 · 구에 쓰고, 중괄호는 여러 단위를 동등하게 묶을 때 쓰며, 대괄호는 '꺾쇠묶음'이라 하여 수학에서 자주 쓰인다.

【이음표】

① ―(줄표[換言符]): 글 중간에 따옴표 모양으로 어구를 넣을 때 그 앞뒤에 쓰고, 여러 개를 나열하여 하나로 통일시키거나, 하나의 통일된 데서 여러 개로 나열시킬 때 등에 쓰인다.

② 한글맞춤법에는 이 밖에 ―(붙임표), ~(물결표), ……(줄임표) 등 모두 30종의 부호가 있다.

어렸을 적 초등하교 다닐 때에 일이다. 이웃 동네에 사는 여자 학생 이름이 '구(丘) 횃불' '구(丘) 해바라기'라고 지어서 화제가 되었다. 그 당시는 한문이 학교와 생활에 절대적일 때 이어서 더욱 이 이름은 아이들의 놀림 대상이었을 뿐 아니라 모두의 관심에 대상이었다.

인연이 있어서일까 수 년 전 그 이름을 지어준 학생들의 아버지인 구○○옹을 만났다. 그러나 그 분은 팔순의 노령과 풍으로 쓰러지셔서 거동불편으로 인해 안타깝게도 이미 나와 대화를 못하는 지경이 되어 버렸다.

다른 곳에서도 언급했지만 내가 이십대 시절 서울에서 자취 할 때 국문학자인 이숭녕 박사 내외를 측근에서 한동안 모시고 문학활동을 했었다. 그러니까 그때 나는 이미 우리 한국어의 중요함과 필요성을 조금이나마 느낄 때였다.

한국어인 순 우리말의 이름은 무수히 많다. 그동안 수집하고 정리한 이름들을 모음의 순서별로 나열해본다.

(가)
이씨 성을 딴 '李가을' '거울' '가나다라' '가고파' '가로' '가야' '가실이' '간다' '갈대' '갈숲' '강건너' '강나루' '강남' '겨우내' '겨울' '고내' '고루' '고원' '골마루' '공손' '그림' '기쁜' '기지개' '까치'

(나)

김씨 성을 띤 '金나은' '나들이' '나눔' '나아' '나남' '' 나루터 ' 나비' '나팔' '너도밤나무' '너른' '너머' '넘어' '넓은' '네모' '노을' '노랑나비' '녹색' '논두렁' '눈갯버들' '눈나비' '눈송이' '느릅나무' '늘봄' '능수버들' '늦봄' '늦서리'

(다)

최씨 성을 딴 '崔다래' '다듬이' '다락방' '다람쥐' '다워' '다리' '다북다북' '다시금' '다이아' '단비' '단말' '단오' '달' '달래' '달리아' '달아달아' '달맞이꽃' '닻배' '대롱' '대한민국' '딸꾹'

(마)

정씨 성을 지닌 '鄭막내' '맨드라미' '머루' '모든' '모래' '목가' '목화' '문화' '물가에' '물결' '물까치' '미안' '미덕' '민지' '밀감' '밀알'

(바)

신씨 성을 지닌 '申바람' '바램' '바보' '바른이' '바다' '바로' '바탕' '밤낮' '방울' '방실이' '백로' '백미' '백자' '백조' '백화' '버들가지' '버드나무' '버선' '벌떼' '벙긋벙긋' '벚꽃나무' '별밭' '별무리' '별빛' '보물' '보배' '보리' '보슬비' '봄보리' '봄꽃' '봄눈' '봉봉' '봉당' '봉황' '봉래산' '봉화' '부초' '부귀' '부러움' '불새' '비와 바람' '비파' '비목' '버선' '비엔나' '빙하' '빨강' '뺑긋뺑긋' '뽕'

(사)

고씨 성을 지닌 '高사색' '사과' '사랑' '사시나무' '산노을' '산당화' '산비알' '산비둘기' '산뽕나무' '산새' '산소' '산철쭉' '산하' '살여울' '새달' '새앙버들' '새잎' '색동이' '서녘' '선남선녀' '설경' '설화' '설록' '섬섬옥수' '성공' '성화' '세계' '세월' '소박' '소금' '소나무' '소슬한' '솔솔' '수수' '수복' '수양버들' '순진' '순수' '순보' '시나브로' '시인' '신선' '신비' '십자성'

(아)

유씨 성을 지닌 '劉아름' '아가' '아가시' '아름이' '알찬' '알곡' '아롱다롱' '알람' '알물방개' '앙상블' '앙징' '아침' '양지' '어항' '여명' '여운' '영양' '오라' '오수' '오후' '오전' '오호야' '올곧음이' '요요' '용의 눈' '우산' '우륵' '우연' '울담' '울림' '유리' '우유' '인의' '인삼' '인어' '이슬'

(자)

나씨 성을 가진 '羅자리' '자주' '자존' '자기' '자랑' '자석' '잠수' '장강' '장구' '장수' '장미' '적신호' '점점' '정의' '정상' '정원' '존재' '준수' '지화자' '진리' '진정' '진주'

(차)

차씨 성을 지닌 '車차차' '참게' '참나무' '참새' '철쭉' '천년' '찬란이' '청룡' '청청한' '청풍명월' '총명' '추수' '축제' '춘하추동' '춘향이'

(카)

장씨 성을 지닌 '張카니발' '카스' '카네기' '카멜레온' '코카' '크림'

(타)

윤씨 성을 지닌 '尹타타' '탄복' '태양' '토실토실'

(파)

한씨 성을 가진 '韓파도' '파고다' '파노라마' '파란하늘' '팬더' '포근이' '포물선' '푸른' '풍선' '프로' '핑퐁'

(하)

피씨 성을 지닌 '皮하늘' '허구많은' '하이웨이' '한술' '한나라' '한겨레' '한민족' '해바라기' '횃불' '행복' '향야' '현인' '호호' '호반' '호수'

한국어가 살아야 겨레의 얼이 산다

우리의 소중한 훈민정음은 1443년 12월 세종대왕이 창제하였다. 이어 1446년 9월에 훈민정음의 원리와 사용법을 책으로 만들었다. 이 날이 양력으로 10월 9일, 오늘날의 한글날이다. 훈민정음은 한자와 달리 28개의 글자였다.

그 후 훈민정음은 중국의 사상과 학문에 밀리어 빛을 보지 못하다가 20세기에 '한글'이란 이름으로 1913년 문법학자 주시경 선생에 의하여 처음 사용되었고 그 표기법도 더욱 발전을 하였다. 이 한글이란 이름도 언문, 언서, 반절(反切), 암클, 아햇글, 가갸글, 국문, 조선글 등 여러 명칭으로 불리다가 순 우리말인 한글로 정착이 되었다.

1997년 우리 한글은 세계 유네스코에서 '세계문화유산'으로 지정이 되었다. 세계에서 몇 안 되는 모국어로써 인류가 길이 보존해야 할 문화유산이라는 것이다. 그리고 미국 미시간대학의 맥콜리(McCawley) 교수는 한국의 한글날인 10월 9일은 인류 역사에서 가장 중요한 날로 생각하였고 또한 자신의 기념일로 삼았다 하니 우리로써는 너무 미안하고 고마울 뿐이다.

세계에 존재하는 약 4천여 개의 언어 중에 문자로 적을 수 있는 것은 불과 40여 종밖에 안 된다고 한다. 어느 통계를 보니까 우리 국민의 국어 점수는 평균 58. 26점이라고 한다. 매우 부끄러운 일이다. 영어나 중국어, 일본어는 80, 90, 100점을 맞으면서 자신의 피 속에 흐르는 자신의 모국어는 58. 26점이라 하니 참으로 답답한 일이 아닐 수 없다. 한 예로 호주 대륙에는 250종의 토속어가 있었는데 지금은 25종밖에 남아 있지 않다고 한다.

국내의 언어학자들에 의하면 한국어가 매년 감소 추세에 있다고 한다. 추정치이지만 매년 전체 사용언어의 5~10%씩 감소하며 대신 영어가 등장한다고 한다. 거기에다가 근래에는 중국어의 열풍이 불기 시작할 뿐 아니라 오래 전부터 밑바닥 훑기식으로 전파되고 있는 일본어와 무분별한 일본어식 한자, 영어의 오류 침투 또한 무시 못할 복병이다.

매년 감소하고 있는 우리의 한글의 10년, 100년, 500년, 1,000년 후를 생각을 해보자. 과연 그때에 한글이 얼마나 존재하고 있을까. 어느 언어학자는 앞으로 수백 년 아니 수천 년이 지난 후에는 한글이 지구상에서 영원히 사라질지 모른다고 경계하고 있다. 우리의 한글이 언제 사라질지 참으로 걱정스러운 일이다.

근래에는 희소식이 들린다. 동남아를 비롯하여 세계 각국에 우리 한국어를 수출하고 있어서이다.

"한글을 세계에 수출하여 세계적인 공용어로 만들어 국제경쟁력을 가져보면 어떨까?"

"한국어 달인 나은 작가답게 꿈도 야무지셔요!"

"꿈은 반드시 이루어지니까 꿈은 자주 꾸는 게 좋다!"

한글을 한글 알파벳으로 통일하고 동양문명을 한글문명으로 재편성하여 나아가서는 세계의 사라져가는 소수언어 종족들에게 한글 알파벳을 가르쳐 전 세계의 언어 자원으로 수출해보자는 것이다. 최근 급속히 발전하는 정보통신 문명 앞에 동양과 서양권은 문자공포증에 시달린다고 한다. 그러나 다행스럽게 합리적인 한글 알파벳을 사용하는 우리나라는 그 고민이 적다고 한다.

1960년대 공병우 타자기가 발명되어 화제를 되었던 공병우 선생님은 이렇게 말씀했다.

"한글은 금이요, 로마자는 은이요, 일본 가나는 동이요, 한자는 철이다!"

근래 각종 문자문명의 확산을 보면서 가만히 생각해보면 공병우는 일찍이 미래를 예견한 한 선각자였다는 생각이 든다.

우리가 사용하는 휴대전화는 단추가 12개이다. 이 단추로 자신의 나라의 문자를 완벽하게 소화할 수 있는 나라는 우리나라밖에 없다고 한다. 한글은 단추 8개만 있어도 문자전송이 가능하다. 모든 모음자는 '· ─ ㅣ'의 세 개의 글로 조합, 자음자는 'ㄱ ㄴ ㅁ ㅅ ㅇ'의 다섯 개의 글자만 있어도 문자작성이 가능하기 때문이다. 우리가 전 세계적 휴대폰강국으로 급속히 확산·발전한 데는 바로 한글의 이런 장점이 있었기 때문이다.

'윌리스'는 말했다.

"요람을 흔드는 손이 세계를 통치하는 손이다."

우리의 한글은 전 세계에서 가장 아름답고 독특한 문자이다. 합리적인 한글 문자에 비하면 로마자의 구성 원리는 원시적이다. 모양만으로는 자음자와 모음자가 구별되지 않기 때문이다. 휴대전화 단추마다 섞인 순서대로 글자를 배분할 수밖에 없다. 그 때문에 로마자를 사용하는 서양권에서 휴대폰으로 문자를 보내려면 많은 어려움이 따른다. 뜻글자를 사용하는 한자문화권 중국에서는 어려움이 더욱 많다고 한다. 그래서 중국에 우리나라 휴대폰을 가장 많이 수출하고 있다. 그뿐 아니라 베트남, 태국, 인도 등 여러 나라도 한류열풍을 타고 휴대폰 수출대열에 합류하고 있다. 이럴 경우 우리 한글까지 끼워 함께 수출하면 국제경쟁력을 충분히 가질 수 있다고 본다.

이제 우리의 많은 선교사들과 민간구호단체, 한국어 지도사들이 세계 곳곳으로 파견되어 그 나라에 살면서 주민들에게 선교활동과 주민봉사를 하고 있다. 예전 못사는 우리나라가 아닌 남의 나라를 선도하는 대한민국이 된 것이다. 세계 각국에 널리 퍼져 있는 민간외교사절을 적극 활용하여 우리의 한글을 세계만방에 가르치고 수출하자.

다음은 노력을 강조하는 미첼의 말이다.

"영예의 정상은 미끄러운 곳이다."

우리가 21세기의 최첨단 컴퓨터 문명 경쟁 속에서도 세계적 휴대폰 강국으로 급속히 발전한 것은 바로 이렇게 한글이 기묘한 기능과 과학적 제도적 장치를 가졌기 때문이다.

한국어는 세계의 모든 언어학자들로부터 '고전적 예술 작품'으로 평가받는다. 단순하고 효율적이고 세련된 한글 알파벳은 가히 세계적 알파벳의 대표적인 전형이다. 한글이 인류의 위대한 문자유산인데도 우린 진정한 우수함과 그 위대함을 모른다.

한국어를 사용하면 평범한 하층 민족이요, 영어나 프랑스어, 일어, 중국어를 유창하게 잘 하면 인텔리나 유식한 부류에 속한다는 사대주의 망령에 사로잡힌 사람들이 더러 주변에 있다. 나를 먼저 알고 상대를 알아야 하지 않는가?

"자기 나라의 말도 제대로 알지 못하면서 남에 나라 말을 배우려 하는 것은 우민(愚民)이나 할 짓이다!"

나라의 얼과 민족의 자주적인 정체성과 고유의 정신을 살리기 위한

나의 '작가 우리말 다듬이 사랑'은 지속될 것이다. 일찍이 나 자신이 몸소 한글사랑을 실천하고자 슬하의 아이들 이름도 순수한 한글로 지었다.

큰 딸의 이름은 '바램'이다. 앞으로 좋은 세상, 아름다운 사회에서 잘 성장하여 잘 되기를 바란다는 희망의 뜻이다. 둘째 딸의 이름은 '나아'이다. 잘 나아가서 국가와 사화에서 바라는 사람으로 잘 나아가라는 뜻이다. 어디 그뿐인가?

나의 아호(雅號)가 '나은'이며 '길벗'이다. 나은 사람으로 성장하여 나은 세상에 빛과 소금이 되자는 뜻이다. 독일의 구름의 시인 '헤르만 헤세'가 구름을 좋아해서 구름을 찾아 길을 떠나듯 나도 애오라지 한글 나그네가 되어 정처 없이 길가를 따라가며 한글 속 길벗 인생으로 살련다. 벗을 만나 애호박 잎처럼 순진무구하게 걸어가자는 그 길손이 바로 나의 아호인 길벗이다.

또한 사랑하는 아내의 아호도 '그루터기'이다. 농촌의 들에서 벼 포기를 베고 난 후에 그 자리에 푸르게 새싹이 돋아나는 시작과 청순한 약동의 의미가 있는 그런 그루터기이다. 그루터기에서 파란 새순이 돋아나듯 밟아도 밟아도 다시 살아나는 '한글 그루터기'와 '나은 한글'로 수억 겁 년을 살아가련다.

십 수 년 전부터 우연히 시작된 나의 '한국어 사랑'은 앞으로도 영원히 지속될 것이다.

우리나라 너른 땅 한밭벌 문인산방에서
나은 길벗 김우영 쓰다

| 참고한 자료들 |

겨레말 갈래 큰 사전(서울대학교 출판부, 1993)

국어대사전(민중서림, 1993)

국어순화용어 자료집(문화체육부, 1997)

우리말 우리 글(문화관광부, 1998)

우리말 바로알기(문화관광부, 1998)

외래어 표기규정(문화체육부, 1995.3)

우리말 산책(김우영, 도서출판 천우, 2002.5)

국립국어연구원 자료(국어책임관 누리집, 2006.7)

문학의 이해 −2 (김우영, 서천 장항도서관 발행, 2000.10)

우리말 나들이(김우영, 도서출판 예익기획, 2007.8)

한국어 산책(김우영, 중국 흑룡강성출판사, 2007.8)

대전광역시 인재개발원 한글교재

기타 신문, 잡지, 인터넷 등에서 참고자료 수집

 자료와 도움을 주신 분들

최충식(중도일보 논설위원) · 배상복(언론인) · 김순택(제주도 수필가, 향토자료 연구가) · 대전광역시 중구 국어책임관실 · 김영희(대전대학교 평생교육원 한국어과 교수) · 오세영(공주 영상대학교 교수) · 최태호(충남 중부대학교 한국어과장) · 화신 사이버대학교 한국어교육학과(조인곤 총장) · 한태익(중국 인민연변방송국) · 신봉철(중국 장춘 길림공상학원 당위서기) · 석정희(미국 미주문인협회 편집국장) · 이기순(호주 한국문학협회 회장) 외 다수

한국어를 소개하는 곳

가. 오늘날

일간 충청타임즈, 월간 엽서문학, 한국문학 신문, 인터넷포털사이트 남원포유

나. 지난날

일간 국방일보, 일간 중도일보, 주간 독서신문, 월간 미즈앤(내일신문), 월간 자치행정, 월간 이츠대전 대전광역시, 월간 생각하는 사람들, 월간 대선광역시 중구소식지, 계간 문예마을

다. 누리그물

김우영 작가방 http://cafe.daum.net/siin7004

김우영 홈페이지 http://member.kll.co.kr/yu7

김우영 작가 블로그 http://blog.daum.net/siin7004

김우영 작가 편지통 siin7004@hanmail.net

대전 중구문학회 http://cafe.daum.net/0174771744

문예마을 http://cafe.daum.net/munyemaeul

계간 문학세상 http://cafe.daum.net/munhaksesang

한국해외문화교류회 http://cafe.daum.net/110100

중국 중한문화교류협회 http://cafe.daum.net/zhwh

호주 한국문학협회 http://cafe.daum.net/stellalee51

미국 미주 한국문인협회 http://new.mijumunhak.com/

우리말의 달인 나은 김우영의 한국어 이야기

1판 1쇄 2011년 12월 5일
1판 2쇄 2014년 3월 28일

지은이 · 김우영
펴낸이 · 한봉숙
편집 · 지순이 | 마케팅 · 이철로

펴낸곳 · 푸른사상사
등록   제2-2876호
주소   서울시 중구 초동 42번지 아시아미디어타워 502호
대표전화   02) 2268-8706(7) | 팩시밀리   02) 2268-8708
이메일   prun21c@yahoo.co.kr / prun21c@hanmail.net
홈페이지   www.prun21c.com

ISBN 978-89-5640-880-4 03800
  값 17,000원